VAGNER AMARO

DEIXE QUE EU SINTA TEU CORPO

Todos os direitos desta edição reservados à Malê Editora e Produtora Cultural Ltda.
Direção: Francisco Jorge & Vagner Amaro

Deixe que eu sinta teu corpo
ISBN: 978-65-85893-10-7
Edição: Francisco Jorge
Capa: Dandarra Santana
Diagramação: Maristela Meneghetti
Revisão: Alessandra Magalhães, Francisco Jorge e Louise Branquinho

Texto revisado segundo o novo Acordo Ortográfico da Língua Portuguesa.
Proibida a reprodução, no todo, ou em parte, através de quaisquer meios.

```
      Dados Internacionais de Catalogação na Publicação (CIP)
              (Câmara Brasileira do Livro, SP, Brasil)

      Amaro, Vagner
         Deixe que eu sinta teu corpo / Vagner Amaro. --
      1. ed. -- Rio de Janeiro : Malê Edições, 2024.

         ISBN 978-65-85893-10-7

         1. Contos brasileiros I. Título.

  24-202719                                      CDD-B869.3
                  Índices para catálogo sistemático:

      1. Contos : Literatura brasileira    B869.3

      Tábata Alves da Silva - Bibliotecária - CRB-8/9253
```

Editora Malê
Rua Acre, 83, sala 202, Centro. Rio de Janeiro (RJ)
www.editoramale.com.br
contato@editoramale.com.br

Habitá-lo, na agulha de cada instante.
— Habitar o tempo, João Cabral de Melo Neto.

Sumário

PARTE I
1. Marlene, a bibliotecária 11
2. Deixe que eu sinta teu corpo 19
3. Corta-mágoa 31
4. Aquele ano que não aconteceu 35
5. Feliz aniversário 47
6. Tainara 55
7. Beijo sem máscara 59
8. Nervos de aço 67
9. Rota 73
10. Deslike 77

PARTE II
11. Água turva 87
12. O amor é um caos 95
13. Cupim 107
14. Edivaldo e Ercílio 113
15. Qualquer dia 117
16. Felipe 123
17. Aconselhando Machado de Assis 125
18. Mísia 129
19. Bernardo 133
20. Aquele frevo axé 137

PARTE I

Marlene, a bibliotecária

B869.301 R896c, Marlene digitou o código, imprimiu em um papel branco, recortou em um formato retangular, levou até a lombada, centralizou a tira e pôs uma fita adesiva transparente por cima. Depois, abriu a última página do livro e nela colou um envelope branco; dentro, enfiou dois cartões ainda não preenchidos. No de cima, lia-se nome do usuário, e no outro, data de empréstimos. Os cartões não estavam preenchidos, mas ela sabia que nessas fichas estaria registrada a vida daquela doação que acabara de receber da cozinheira da escola, "Estava lá em casa há anos, meu pai gostava muito de ler. Fomos doando quase todos... As crianças destruíram alguns. Este foi ficando, está autografado, deve ter algum valor."

Enquanto Neide, a cozinheira da escola, ia falando frases soltas, denotando, no fundo, que via o livro como parte do pai que falecera, Marlene pensava em tantas outras situações como aquela, vividas desde que fora trabalhar ali. A cozinheira havia doado o livro querendo tê-lo por perto, para que fosse cuidado por alguém que entendesse o seu valor e até para manter de alguma forma o pai vivo; outros integrantes daquela comunidade escolar chegavam à biblioteca com algumas obras que apenas foram úteis para os seus donos, parte de acervos pessoais de algum familiar que tivera maior apreço pela leitura.

Depois que esse familiar falecia, com o tempo, os livros deixavam de ter sua função decorativa nas estantes das casas daquelas pessoas e, embora lembrassem os que partiram — por isso não conseguiam jogá-los no lixo, tornavam-se algum tipo de objeto fora de lugar, uma lembrança de vida aprisionada nas páginas impressas, que trazia saudade, às vezes culpa e, em outras, acusações, pensava Marlene, enquanto, para se distrair, resolveu elaborar divagações sobre aquele livro doado, que esteve disposto por anos na estante da casa da cozinheira. A bibliotecária sorriu ao imaginar a família sentada no sofá para ver televisão, o livro na estante, olhando para todos.

Neide não entendeu o sorriso da bibliotecária, na verdade achava a mulher um pouco estranha, uma estranheza como a que muitas vezes percebera no olhar do seu finado pai. Sentiu-se incomodada, invadida, estava fazendo um bem, doando um livro que os meninos da escola poderiam quem sabe gostar de ler. Então, mesmo com certo estranhamento, também sorriu. Agiu como fazia quando não compreendia muitas coisas ditas pelo pai, fingia com um sorriso silencioso, para que ele não olhasse decepcionado, irritado com as escolhas que a filha fizera na vida. Se o pai insistisse, mirando dentro dos seus olhos, era com um "hurrum" que Neide se desvencilhava, mas entender, não entendia.

Entregue a última lembrança do pai, Neide retornou para o refeitório. Marlene ainda teria que preparar a leitura para o grupo de alunos que receberia no fim da tarde. Foi até as estantes guardar o novo título. A biblioteca funcionava em uma sala pequena pintada de verde, o piso formado por quadrados pretos e brancos lembrava um jogo de xadrez. Marlene sentava-se à mesa que se localizava logo na entrada do espaço, ali atendia os usuários, fazendo empréstimos e devoluções, tirava dúvidas, informando sobre o acervo, auxiliando na pesquisa dos estudantes, e conversava sobre os livros que lera. Entre essa recepção e o local em que as estantes estavam fixadas, havia um espaço com algumas mesas redondas de compensado e frágeis cadeiras plásticas coloridas, quase sempre todas ocupadas pelos alunos. Mais à frente, estantes de aço, algumas bastante enferrujadas e tortas, abrigavam o reduzido e diversificado acervo — alguns títulos doados por professores e outros que Marlene comprava, lia e incorporava à coleção. A bibliotecária estava animada, naquela tarde leria com os alunos João Cabral de Melo Neto, *Uma faca só lâmina, entregue inteiramente à fome pelas coisas*, o verso não lhe saía da cabeça.

Passou o resto da manhã e início da tarde organizando os livros na estante de acordo com a classificação por assunto. Parava em alguns, lia um pouco e arquivava. Em outros, prestava atenção na imagem da capa, no cheiro, no tamanho das orelhas. Gostava demais da classe sete, dos livros sobre pintores e escultores, mas estes preferia levar para casa, onde preparava chás de camomila e passava as horas antes de dormir se aconchegando entre obras de arte.

Dar conta sozinha daquele espaço ajudava a colocar as coisas dentro de si no lugar. Quando apareceu na escola e ofereceu seus serviços como bibliotecária, não sabia exatamente o que estava fazendo, um redemoinho ocupava a sua cabeça, lembrava-se de poucos fatos daquele período. A diretora, reticente, disse, "Atualmente as crianças leem no celular, está tudo no celular, minha filha!" Marlene argumentou que a vida não cabia no celular, mas cabia dentro de uma biblioteca, e ficou séria, parada, olhando por uns instantes para dentro do espanto no centro dos olhos da diretora.

Por fim, vendo-a irredutível diante da sua oferta de trabalho voluntário, tentou apresentar um motivo, "Preciso muito trabalhar, aceito inicialmente não receber, moro a duas ruas daqui. Ficar em casa vem sendo um martírio." A diretora não se convenceu da importância de se criar uma biblioteca, mas o desamparo de Marlene tocou em alguma imagem sensível perdida no coração da sua memória. Então, conduziu a bibliotecária até uma sala vazia que servira como lanchonete da escola. Paredes mofadas, algumas mesas redondas de compensado empilhadas pelos cantos, estantes de ferro, que serviram ao estoque de alimentos, deitadas no chão. "Temos esse espaço!" A diretora imaginou que Marlene sairia correndo, desistindo da proposta que acabara de fazer. Mas não. Ela nunca conhecera uma bibliotecária.

Em poucos dias, com o apoio de alunos, familiares e professores, a biblioteca estava montada. Na inauguração, Marlene leu *Tecendo a manhã, para que a manhã, desde uma teia tênue, se vá tecendo*. Foi aplaudida e por pouco não desmanchou a maquiagem.

***

Naquele início de tarde, após arrumar as estantes, pela primeira vez Marlene receberia aquela nova turma para os encontros de leitura, isso a deixava sempre tensa, nem todos gostavam de ler literatura. Era sempre uma conquista, um empenho de energia, uma sedução com o grupo.

Embora fosse particular, a escola ficava em uma região pobre e periférica da cidade. Marlene ainda vivia naquele sub-bairro por não conseguir se desprender da casa em que fora criada, da rua de sua infância e de um passado que tanto a feria quanto a sustentava.

Os alunos chegaram e se sentaram nas cadeiras organizadas em círculo pela bibliotecária. Alguns riam, um trazia um livro nas mãos, outros pareciam aborrecidos. Do grupo, poucos frequentavam a biblioteca, apareciam apenas em aulas dirigidas lecionadas por professores. Marlene distribuiu as cópias dos poemas. Risinhos, euforia, curiosidade e desinteresse distribuídos nos rostos da turma. A bibliotecária explicou que cada um leria um trecho. O jovem que chegou à biblioteca com um livro nas mãos começou "assim como uma bala, enterrada no corpo..."

Terminada a leitura, alguns alunos começaram a fazer comentários, em alguns, Marlene já sabia, o texto parecia colidir como em uma crosta impenetrável. Para a bibliotecária, esses alunos pareciam vazios por dentro, sem a bagagem do sensível. Esses, e os outros que comentaram sobre violência policial e sobre a fragilidade da vida que se avizinhava da realidade deles, no instante exato do fim do tempo do encontro na biblioteca, levantaram-se e saíram animados.

No círculo de cadeiras, apenas um aluno, cabisbaixo, ficou. Eu. "Você não tem que voltar para a sala?", perguntou Marlene, preocupada. "Não", respondi. "Eu percebi que esse livro com você não é aqui da biblioteca", disse a bibliotecária. Olhei para aquela senhora que parecia meio viva, meio morta, e respondi, "Era da minha mãe." Ela entendeu que eu queria conversar, mas parecia insegura na minha frente. E quando ela disse, "Eu gosto muito daquele conto..." Eu a interrompi, *"A gente combinamos de não morrer."*

***

A rua estava pouco iluminada, Ícaro corria assustado, a respiração ofegante, o coração disparado, não sabia para onde ir, apenas que precisava se afastar de casa. Os chinelos atrapalhavam a corrida, quase caía, as pessoas na rua olhavam assustadas, tinha medo de ser parado por algum policial. Não ter para onde ir lhe dava uma sensação de total fragilidade, uma fragilidade que nunca pudera transbordar para algum tipo de explosão, uma fragilidade enjaulada. Na memória do jovem, uma cena recente, o irmão mais velho, bêbado, jogando o corpo de Ícaro contra a parede, batendo a cabeça do adolescente no chapisco, a pele não rompia, não sangrava, e ele apenas sentia dor. "Para, Samuel! Eu não tenho culpa!" Samuel, sete anos mais velho, desde que a mãe fugira dos maus-tratos do pai, ficou cuidando do menor. O pai passava dias sem aparecer, quando surgia estava bêbado, e agredia os dois meninos. Foi Samuel que conseguiu a bolsa de estudos para Ícaro na simples escola particular do bairro. A criação de Ícaro se dava nas oscilações da personalidade do irmão mais velho, que começou a sentir o peso de se responsabilizar pelos dois, tornando-se violento, perdido em uma vida que não planejou para si.

Depois de muito correr, Ícaro parou em uma marquise de ponto de ônibus e, na confusão de pensamentos, lembrou-se do livro deixado sobre o sofá da sala. Ler ajudaria a passar a noite em alguma praça, sabia que Samuel não sairia em busca dele, que talvez até gostasse caso ele não voltasse mais. Apesar das surras e das agressões verbais, gostava do irmão, talvez até porque só tivesse a ele, queria mesmo é que tudo voltasse ao tempo em que brincavam juntos e a mãe estava com eles.

***

Eu estava com fome, deitado no banco do ponto de ônibus, o sono foi batendo e dormi. Quando acordei, ela estava me sacudindo, não sei como a bibliotecária foi parar ali. Ela não fez muitas perguntas, as pessoas aqui no bairro já sabem da minha história, acho que não me fazem perguntas para não me perturbar.

Achei melhor não tentar saber como ela me encontrou. Fingi que não sabia onde ela morava e deixei que pensasse que estava me mostrando um caminho novo.

A casa era de um modelo bem antigo e, como poucas no bairro, era emboçada por fora, uma parte pintada de verde, com uns arabescos perto do telhado. "São bonitos." "O quê?", me perguntou desinteressada. "Os arabescos são bonitos." Achei que ela se surpreenderia com a palavra saída de mim, mas não, ela continuou indiferente. Abriu a porta de madeira, entendi que era para eu entrar. Ligou a televisão. "Se quiser, pode desligar." "O quê, menino?!" "A televisão. Se quiser pode desligar." Nem assim ela me olhou com interesse. Como eu queria que ela me enxergasse e me perguntasse sobre os livros que eu lia, mas nada. A bibliotecária foi até a cozinha e trouxe um lanche farto, então começou a falar, quando era adolescente, lia todos os livros que passavam pela sua frente e não entendia como pessoas poderiam não gostar de ler. Disse que se formou bibliotecária, mas só foi buscar exercer a profissão na escola em que eu estudava. Contou sobre uma história muito louca do Teleco, um coelho que se metamorfoseava em outros seres. Eu a olhava admirado, e foi então que aconteceu.

Ela passou a perceber e isso a animava. A luz nos meus olhos, enquanto ela me contava sobre os livros que lera, ela percebia. A bibliotecária passou a me enxergar e isso aquecia os nossos corações. Depois, com menos energia, ela contou que adorava ler a história de *O Pequeno Príncipe* para o filho quando ele era criança, e ele pedia insistentemente para ela ler novamente, o garoto cresceu adorando ler. Nesse momento, a bibliotecária fez um silêncio. Notei que a luz dos meus olhos não surtiram mais efeito nos seus. Ela voltou a parecer meio morta, meio viva.

Disse que eu poderia dormir na sala, amanhã veríamos o que seria feito por mim. Enquanto ia para o quarto, percebi que ela olhou para uma foto em um porta-retrato sobre um dos móveis da sala, era a foto de um jovem, um jovem bonito, que em muito se parecia comigo.

Deixe que eu sinta teu corpo

"Bicho, eu só queria ficar por aqui, ouvindo aquela música do Tim Maia, *Lábios de mel*. Conhece, Bicho? *Corpos juntos, mãos dadas, preciso de você...*"

Ele me chamava de Bicho, falava de músicas e livros que eu não conhecia. Isso me excitava, uma excitação morna, uma quase ereção que me acompanhava sempre que estávamos juntos.

"Aquela, Bicho. *Deixe que eu sinta teu corpo...* Impossível você nunca ter escutado..."

Ele abria os braços, como se estivesse recebendo a energia do mundo, depois fazia um gesto que só caras com mais de cinquenta anos fazem, apontando os dedos indicadores para mim, cantando com um sorriso largo e torto a tal música do Tim Maia que eu não conhecia. Eu não conseguia me concentrar na letra e apenas pensava em como me sentia feliz ao lado dele.

"Quer uma caipirinha? Você bebe tão pouco, é todo certinho. Se um dia você se candidatar, voto em você para presidente, ou prefeito, ou qualquer outra coisa que você queira!" Enquanto falava, Jorge se levantou da cadeira de praia e se dirigiu até o quiosque para comprar outro drinque; ele não tinha paciência para aguardar os garçons.

Às vezes, parecia que eles demoravam de propósito, pois me

conheciam, cresci com eles, jogávamos futebol, brincávamos de tudo que podem brincar crianças isoladas em uma cidade pequena e litorânea. Comecei a me afastar deles quando fui seguindo nos estudos e eles parando pelo caminho. Passaram a não me ver mais como um deles e, nas vezes em que eu aparecia na praia, com o Jorge ou sozinho, era esse clima, como se quisessem de alguma forma me agredir, chamar a minha atenção.

****

Gael nasceu em Biquibira, cidade com poucas ruas e fraco desenvolvimento, no litoral nordestino. Ele sempre achou a cidade pequena para os seus sonhos, viu seus irmãos mais velhos ou migrarem para o Sul ou se ajeitarem em empregos sem importância no comércio local; acompanhou jovens que durante a puberdade considerou lindos e heroicos se tornarem adultos acabados, curvados, maltratados e com um esfumaçado no olhar que dava lugar ao que um dia foi energia límpida, desejo, chama de viver.

Com o consentimento dos pais, resolveu estudar o ensino médio em outra cidade, Faisão. Dormia na casa da família de um amigo e voltava nos finais de semana. Até que um dia, por uma greve dos funcionários do transporte Biquibira-Faisão, Gael ficou sem ter como voltar para casa e resolveu pedir carona. Assim conheceu Jorge.

***

"Bicho, aquele moleque do quiosque disse que há alguns anos te pegava atrás de uma casa abandonada perto da praça principal. Caetano, o nome dele", disse, sorrindo, sacana.

"E eu digo que você já bebeu demais! Vamos embora, Jorge, hora de descansar!"

No dia em que conheci Jorge, eu estava bastante tenso em

pegar carona com um desconhecido, mas, ao entrar no carro dele, não senti o menor medo. Dentro do carro tinha um cheiro forte de perfume masculino, depois descobri ser o dele. Ele me contou que tinha comprado uma casa na minha cidade, e um dia viria morar nela com a família, os pais muito idosos, a esposa e os dois filhos. Disse que estava para explodir de tanta pressão por administrar os diversos imóveis da família e a empresa do pai, que acabou caindo no seu colo, logo no dele, nunca curtiu trabalhar com material de construção.

Jorge ia falando e era como se eu estivesse lendo um livro novo, ambientado em um universo desconhecido por mim. Meus pais são pobres e levam uma vida simples, uma vida que parece até mesmo limitar a capacidade deles de sentir. Talvez por isso, na minha casa tudo é muito superficial, pouco conversado. De repente eu estava ali, naquele carro, ouvindo um homem adulto, charmoso e angustiado, com poder para ir e vir... Eu não sabia precisar qual muro da minha base de proteção, usado para me manter afastado emocionalmente das pessoas, havia desabado com aquela aparição, mas o fato era: eu estava totalmente entregue.

***

Após ouvir as críticas do velho jovem, assim ele chamava Gael, Jorge foi para a beira do mar, mergulhou, corajoso, profundo, emergindo metros depois. O sol estava se pondo, ele gostava de entrar na água justamente nesse momento e observar a claridade do dia se despedindo; quase chorava, o dia se transformando em outra coisa. Era o momento em que ele conseguia colocar as ideias no lugar e juntar forças para seguir. A vida não vinha sendo fácil.

Os pais haviam passado dos noventa, e ele não tinha coragem de colocá-los em um asilo. Era extremamente grato, tinha uma admiração enorme tanto pelo pai quanto pela mãe, pois se mantiveram independentes o quanto foi possível, mas agora o corpo do casal vinha fraquejando, e ele, filho único, não queria nem conseguia se afastar. A esposa, por sua vez, dedicava a ele um amor e uma devoção passional. Foram muito felizes, viajaram o mundo, criaram os filhos com um amor incondicional, mas os ciúmes de Lúcia, aos olhos de Jorge, mais pareciam encenação de tão intensos, e quanto mais ela forçava a barra, mais ele perdia a admiração. Os filhos, já iniciando a vida adulta, seguiam seus rumos com muita liberdade incentivada pelo pai. Os dois estavam fora do país e gostaram muito quando Jorge expôs a ideia de comprar uma casa em uma cidadezinha esquecida pelo progresso no litoral do Nordeste, para um dia poder migrar para lá e viver uma vida idílica longe da poluição e da violência. Lúcia nem conseguiu sentir algum afeto pela ideia, parecia-lhe muito sem sentido.

    Mesmo com a negativa da esposa, a casa foi comprada, mas apenas Jorge a frequentava, duas vezes por ano, por poucos dias no verão e no finzinho do inverno — era o período que ele mais gostava, pois encontrava a cidade com poucos turistas. "Se eu tivesse forçado a barra, Lúcia teria vindo comigo", pensava, com olhar fixo para o alaranjado no horizonte. Voltou-se para a areia e percebeu Gael o observando. "Como um cuidador." Ironizou e riu consigo. Gael, ao ver o sorriso, acenou para ele.

    Da primeira carona até os quatro anos seguintes que os levaram àquele fim de tarde ensolarado em Biquibira, uma amizade se estabeleceu entre Jorge e Gael. O ainda adolescente ajudou ao máximo para que Jorge se instalasse na cidade, adorava estar ao seu lado e se emocionava com a total confiança depositada nele — como se pelos vazios da vida do jovem entrasse a massa de vida repleta de experiências do adulto. Jorge lhe falava de cantoras que ele nunca tinha escutado, apresentava músicas, às vezes com ele mesmo tocando o seu violão, que dizia ter sido presente do pai. Lia poemas, narrava viagens, comentava sobre pessoas com que teve contato, intelectuais, artistas performáticos, militantes... Os olhos de Gael vibravam, e, quando Jorge voltava para dentro da sua vida, em São Paulo, o céu do rapaz perdia a cor. Gael passava amuado os meses sem o ídolo, irritado com os pais. Nesses períodos, a simplicidade da mãe parecia mais insuportável, os erros de português dos pais lhe doíam os ouvidos, os gostos dos amigos eram imperdoáveis, e ele, então, dedicava seu tempo a ler, ouvir música, encher-se em desespero de referências para o dia que poderia, enfim, reencontrar Jorge.

***

"Bicho, a água está uma delícia!" Gael, distraído, não viu quando Jorge se aproximou.

As gotas geladas da água do mar respingavam dos pelos grisalhos de um, chocando-se com o corpo quente, seco e liso do outro. Os pelos do peito e barriga de Jorge formavam uma espécie de tapete onde Gael sonhava repousar a cabeça um dia, mas o máximo de aproximação física que ocorria entre os dois eram abraços fraternais. Jorge via o rapaz como um amigo inusitado, que combinava com a vida idílica e de fuga que levava nos poucos dias que conseguia estar em Biquibira. Já Gael estava apaixonado, vidrado na imagem daquele homem, e certa vez se pegou pensando que até seu tom de voz se modificava ao falar com o seu amado.

Os dois seguiram para a casa de Jorge, seria mais uma noite com frutos do mar, drinques, músicas escolhidas pelo amigo mais velho e muitas conversas. Depois de algumas cubas, daiquiris e margaritas, Gael começou a contar histórias da sua infância, fatos de uma simplicidade pueril, que recebiam de Jorge a maior atenção. Nos dias em que estava em Biquibira, Jorge ficava sempre de sunga de praia, então, ele se sentava de frente para um falante Gael, enquanto o jovem narrava, vivaz, episódios e experiências, como quando os garotos da cidade se juntaram para reconstruir o telhado de uma vizinha, desfeito por um vento muito forte. O amigo se enternecia, lágrimas escorriam pela face, como se as histórias de Gael o fizessem tocar em uma espécie de semente muito pura da vida; um grão de afinidade entre os pobres que as pessoas com quem ele convivia no Sul não conseguiriam compreender.

Gal, Bethânia, Tom Jobim, Belchior, Caetano, Miúcha... O repertório era vasto, a madrugada vagueava nos olhos alcoolizados, até que os dois dormiram, cada um em um canto. Quantas noites como aquelas já não haviam passado nesses últimos anos. O torpor etílico ajudava o desejo de Gael a pulsar menos, seus olhos iam amansando enquanto olhava Jorge deitado no sofá. Violão esquecido no chão, copo com *long island* pela metade, tudo se apagando. O jovem, muito tímido para as questões mais torrentes da paixão, ainda sussurrou um pedido, "Deixe que eu sinta teu corpo." Sentia bem-querer, mas pela primeira vez, dentro desse bem-querer, também habitava uma luz estranha, um tipo de raiva, cansaço de uma paixão não vivida. Levantou-se cambaleante. E, depois, dormiu.

Pela manhã, Jorge acordou sério, silencioso. Gael ainda tentou conversar sobre o livro *O mal-estar da civilização*, que estava lendo para uma disciplina da faculdade. Queria contar sobre o debate em sala de aula, mostrar-se culto e interessado...

"Bicho, você não entendeu porra nenhuma desse livro!", disse Jorge, desinteressado e irritado.

Aquelas palavras cortaram em pedaços o íntimo mais sensível do jovem, estilhaçaram em segundos a pouca autoestima que os dois primeiros anos da faculdade lhe ajudaram a construir, uma construção frágil diante do homem seguro que ele amava.

Conhecera Jorge com 16 anos e, ao encontrar o belo homem grisalho, a sensação de estar só no mundo foi ganhando outros contornos, e até mesmo o que seria um grande impacto, a entrada na faculdade, só lhe fez sentido quando celebrada pelo amigo. Sua vida se resumia em ser para o outro, e este outro era Jorge. Já com vinte anos, ainda não tinha se permitido trocar intimidades com outros homens, preferia os momentos em que mentalmente podia estar próximo do corpo daquele que irradiava os seus dias. Nesses momentos, amava e era amado, como em um círculo fechado; agora, seu oásis ia se apagando na sua frente, e o jovem se sentia culpado, perguntava-se o que teria feito, não conseguia entender, lembrar.

"Bicho, já está na hora de você ir embora, você passa esses dias aqui e nem vai falar com os seus pais. Se liga, Gael!"

Pela mente do universitário, perguntas o confundiam: "Será que finalmente ele está se separando? Será que aconteceu algo com os pais? Por que ele está me tratando assim?", pensava, chorando, mas sem conseguir se mover, repleto de medo de ter de sair da casa e depois não poder mais voltar. A vontade era de correr e abraçar o seu amado e pedir para que ele não o tratasse com aquela agressividade, mas sabia que, se assim o fizesse, seria empurrado até cair no chão — os contatos físicos entre os dois eram sempre a partir de uma permissão de Jorge.

"Bora! Sai, Bicho! Vê se vai e não volta!" Jorge já estava de calça e sapatos, não demonstrava grandes emoções, como se falar aquelas palavras fosse algo muito corriqueiro, como quem enxota um cachorro.

    O menino dentro de Gael abaixou a cabeça, e assim o corpo do jovem, por fora, também fez. Saiu lento da casa, estranhamente não conseguia mais chorar, queria, mas um tipo de vergonha o impedia. Seguiu caminhando, ombros caídos, passos arrastados, até uma parte deserta da praia onde se sentou, olhando o mar. As lágrimas estavam presas dentro dele como um gozo contido, lembrava-se da voz o enxotando e de se sentir como uma massa mole e disforme.

    Os dias que se seguiram não foram fáceis, havia um acordo entre os dois de não se comunicarem por telefone e, naquela situação que ele não entendia, Gael se sentia mais impedido ainda de fazer contato. Poucos meses depois, soube que a casa de Jorge tinha sido vendida. Um fio frágil de orgulho induzia Gael a não querer saber do seu amado e a mágoa protegia o coração de doer mais intensamente; um escudo se formara.

    Com a ausência de Jorge, outros pontos da vida de Gael iam ganhando certa luminosidade. Conseguiu ver que um amigo da faculdade lhe direcionava uma atenção especial; começou a ajudar os pais para tentar tirá-los da condição de pobreza, e, com esforço, convenceu o pai a entrar em um projeto de alfabetização. No entanto, quando a vida não estava ocupada na tentativa de se salvar e aos que amava, era Jorge quem lhe visitava os pensamentos.

    Nas férias, pela primeira vez, o universitário se interessou pelas movimentações de jovens na cidade. Biquibira, recém-descoberta por uma juventude alternativa do Sul, virou um *point*. Sem a expectativa de se encontrar com Jorge, passou a curtir as festas organizadas por bares e pousadas. Flertava, era assediado, de vez em quando rolava um beijo ou algo mais reservado com algum ou alguma turista. O que o incomodava era a sensação de nessas festas estar sendo sempre observado. Então, bebia mais, até a guarda baixar e se sentir livre.

Foi com essa sensação de liberdade trazida pelas muitas caipirinhas que bebeu, por essa lembrança que lhe feria sem que ele quisesse, como um espinho invisível no peito, que Gael saiu de uma festa e resolveu caminhar sozinho pela praia.

Foi seguindo, sentindo a brisa. A única iluminação daquela área era a luz da lua.

Por algum motivo, de algum canto obscuro da sua memória, emergiu a letra completa da música do Tim Maia. O jovem cantava a canção, *"Deixe que eu sinta teu corpo..."* Ele acreditava que finalmente conseguiria chorar a falta que lhe fazia a vida em que esperava por Jorge todos os dias e o prazer que sentia ao dividir os poucos dias do ano com seu grande amigo. Nesse momento, Gael sentiu uma quantidade de areia bater em suas costas, como um tapa.

"De bobeira na praia, Gael?!", gritou Caetano.

Os dois tinham a mesma idade, cresceram juntos, brincavam de tudo, até que Gael se afastou.

"Me deixa!" Gael tentou apressar os passos, mas, bêbado, tinha dificuldades, e, ao tentar andar mais rápido, cambaleava.

"Venho acompanhando sua vitória, o pessoal aqui de Biquibira tem muito orgulho de você." A voz de Caetano ia ficando mais próxima de Gael.

"Beleza! Beleza! Me deixa sozinho."

"Só não entendi por que você se afastou da gente. Você tem vergonha da gente? Tem vergonha de mim?" A voz grave agora estava na nuca de Gael, que sentiu medo.

Caetano segurou o braço do universitário e, por trás, o entortou, prendendo Gael junto ao corpo dele.

"Responde, Gaela! Você tem vergonha de mim?!"

Caetano jogou Gael no chão, que, despertado pela situação de perigo, retomou os sentidos, levantou-se e avançou sobre o vizinho. Os dois se socaram e caíram algumas vezes na areia. As roupas esgarçaram e um fio de sangue escorreu do rosto de Gael. Continuaram se socando, se empurrando, se ressentindo. Até que, cansados, se olharam de frente, arfantes, sérios, confusos. Caetano segurou a cabeça de Gael, que em nenhum momento deixou de olhar dentro dos olhos do outro. E, nesse momento, Caetano beijou Gael por alguns segundos, pressionando fortemente os lábios, mas logo se afastou e saiu correndo, vacilando, pela praia mais escura.

Uma mistura de atordoamento e esgotamento tomou conta das emoções de Gael, que apenas ouvia o barulho das ondas se quebrando e uma música ao longe, vinda da festa que tinha abandonado para caminhar. Ironicamente tocava Tim Maia. Gael sabia que deveria pensar no que havia acabado de acontecer, na loucura daquela explosão. Caetano gostava dele? Mas não conseguia se concentrar no presente. Absorto de saudades, apenas queria ouvir a voz do seu amado, queria admirar a sua pele e seus pelos grisalhos, queria contar sobre tudo que leu e ouviu, queria a atenção carinhosa de Jorge. Chorou.

Dentro do choro, um furacão de lembranças se constituía. Uma cena se repetia, rodopiando em sua memória, e quanto mais ela ganhava nitidez, mais ele queria apagar da vida aquela última noite. Sentiu o estômago embrulhar, a cabeça doer. O sangue continuava a escorrer pelo rosto; tudo era mal-estar. Um esforço enorme para esquecer e mais nítida se tornava em sua mente a cena, a noite, a última noite, em que bêbado, após ver Jorge dormindo na sala como um anjo e admirar toda a sua beleza, pegou o celular do amigo e ligou para Lúcia, esposa de Jorge, dizendo que o amava.

Corta-mágoa

"O que você vê dentro do copo?", perguntou a senhora.

Sentado em uma cadeira, ao lado da mãe, o menino queria muito ver, ele olhava e se concentrava para enxergar algo dentro do copo d'água localizado no centro da mesa. Em certo momento, acreditou, de fato, perceber uma cidade com ruas e prédios, mas, logo em seguida, se convenceu de que estava inventando.

A senhora, com olhos enormes, cabelos crespos já bastante grisalhos, presos em um coque quase desfeito, aproximou a mão do copo. O menino prestou atenção na quantidade de rugas desenhadas na mão idosa e novamente tentou imaginar uma cidade dentro do copo d'água. "Pode dizer, o que você vê?", a senhora agora perguntava mais incisiva, apontando o dedo indicador para o copo. Dessa vez o menino teve medo, medo de dizer que não sabia se via mesmo uma cidade ou se estava desejando inventar ver algo para responder e sair daquela situação.

A mãe, sentada ao seu lado, de olhos fechados, parecia estar orando. Ela andava bem cansada nos últimos meses, o menino vinha percebendo que ela não era a mesma, mas, por não entender das coisas dos adultos, passou a abraçá-la em silêncio mais vezes, em uma tentativa de salvá-la com seu amor de menino, até mesmo para que ela pudesse manter ele e o irmão a salvo.

A senhora impacientou-se, "Bom, não precisa dizer." Levantou-se, pegou a cadeira que estava vaga na mesa e foi caminhando para o quintal que ficava nos fundos da casa. Ali, da cozinha, o menino sentia um cheiro forte de feijão e lembrou que não havia almoçado nem ido à escola. A ausência de rotina que foi tomando conta da vida dos três — ele, a mãe e o irmão — desde que o pai fora embora, não lhe vinha agradando, mas preferia não reclamar, fazia do silêncio a sua cápsula de amor. Entregava-a diariamente à mãe.

Após alguns minutos ainda na cozinha, a mãe, em um movimento que pareceu intuitivo para ele, abriu os olhos e foi em direção ao quintal segurando a mão do menino. Lá, a senhora o esperava em frente a uma cadeira vazia e segurava uns galhos verde-escuros nas mãos. "Senta aqui, meu filho, que a vó vai te benzer". O menino sentou e a senhora começou a falar bem baixinho umas rezas, parecia estar conversando com pessoas muito sensíveis com quem ela não deveria gritar. A mãe pediu que o menino fechasse os olhos, ele fechava e abria. De olhos fechados, achava que poderia deixar de ver uma coisa mágica, algum tipo de aparição ou talvez o que ele não conseguiu ver dentro do copo d'água.

As folhas tocando em seu corpo lhe davam uma sensação prazerosa. O menino percebeu que o bairro parecia ter se silenciado, ele apenas escutava a voz baixa da senhora.

"Bom, agora vocês podem ir, está aqui anotado o que você precisa comprar, não esqueça, é do pescoço para baixo!", a benzedeira disse, enquanto entregava um papel com umas anotações para a mãe, que acompanhava todo o ritual em uma compenetração, aos olhos do menino, bastante encenada.

Chegaram em casa, a mãe encheu uma panela grande com água, deixou ferver, foi colocando umas folhas tiradas de umas caixinhas brancas de papel. O menino pediu para ajudar, mas ela não deixou. Foram para o banheiro, ela o mandou se despir, lhe deu banho e pediu para aguardar. Então, apareceu com um balde cheio de um líquido parecido com os chás que ele tomava quando estava resfriado. A mãe começou a banhá-lo com aquela água morna e a falar baixo, porém de forma intensa. Em alguns momentos, parecia dar ordens para pessoas que o menino não via, e que, embora um tanto assustado, gostaria de ver. Em seguida, ela o enxugou e falou para ele se vestir com as roupas brancas, passadas e dispostas sobre o sofá.

As janelas e portas da casa estavam abertas. Sentaram-se na sala, em silêncio.

Ele entendeu que não cabia pedir para ligar a televisão ou usar um pouquinho o celular da mãe. O sofá em que estavam ficava voltado para a direção da rua. Eles viram quando a van escolar deixou o irmão do menino no portão. Um pouco mais velho, o irmão já ia para a escola e voltava sem a mãe, o que irritava o caçula que queria ser mais velho e mais independente.

O irmão entrou efusivo na sala, "Mãe, estou com fome!", disse, enquanto ia tirando os sapatos, o uniforme e jogando a mochila no chão. "Por que a TV está desligada?!" Ainda lançou um olhar inseguro para o menino, que o olhou firmemente. E este olhar do menino fez com que o seu irmão paralisasse e perdesse o ar frívolo de uma criança quando chega em casa, com fome, em mais um dia comum.

Então, o menino se levantou do sofá e caminhou descalço até o irmão, as roupas muito brancas que usava cheiravam a amaciante, que, junto com o cheiro do banho de folhas, o deixavam bem especial, etéreo.

Do sofá, a mãe observava a cena.

Os dois se olhavam, o irmão esboçou um sorriso. O mais novo deixou que algumas lágrimas caíssem dos seus olhos, cena que ele evitava com todas as suas forças de menino. E, neste momento em que ele sentia uma leveza imensa e um vento morno tocava o seu rosto — vindo de um lugar que ele não atentou para identificar a origem — quando a mãe prendeu a respiração, nesse momento, o menino abraçou o irmão. "Senti saudades!", disse, enquanto apertava o abraço.

"Eu também", sorriu o mais velho, aliviado.

Havia dois anos que não se falavam.

Aquele ano que não aconteceu

O atrito das rodas do carro contra a estrada de barro fazia subir uma fumaça alaranjada, que piorava a dificuldade de visão, cada vez mais intensa. Miguel sentia receio de matar algum bicho desavisado que atravessasse a sua frente, sentia medo de não conseguir chegar. Ele não estava completamente confiante da decisão de voltar para a cidade onde nascera, mas, quando conversou com a mãe ao telefone, essa pareceu a decisão acertada a tomar. Saiu de Junqueira trinta anos atrás e, de forma inocente e amargurada, havia decidido não mais retornar. Agora que estava voltando, achava desconfortável, o tempo distante se alargando no passado, se naturalizando na vida.

Encostou o carro na beira da estrada, desceu e avistou os morros ainda ao longe, "é lá", pensou. Depois dos morros, encravado entre o nada e o lugar nenhum, o município de Junqueira. Tossiu um pouco, efeito da poeira. Transpirou, e a mistura de suor e barro criava uma massa fina sobre o corpo. Lembrou-se de que, quando criança, havia perdido uma sola de sapato vagabundo, presa em uma lama de barro. Preferiu bloquear o portal da memória.

Miguel vinha se sentindo frágil, não queria se sensibilizar mais. Alguns camaleões passaram próximo aos seus pés, a sensação física era a de que poderia desmaiar a qualquer momento. Com a diminuição da densidade da nuvem laranja, conseguiu respirar um pouco melhor, precisava continuar antes que anoitecesse.

    Chegando à cidade, percebeu que o irmão e a mãe estavam certos nos comentários. Durante os anos, Junqueira não era mais a cidadezinha de antes. As ruas centrais estavam asfaltadas. Conseguiu, em poucos minutos, identificar bancos, escolas, posto médico, supermercados, caixa automático e lojas de fast-food, dessas que se encontram em qualquer lugar do mundo. Um arremedo de shopping rivalizava com uma igreja evangélica em imponência. Miguel observava que os pedestres traziam um aspecto orgulhoso de modernidade, embora as roupas que vestiam parecessem imitações em tecidos baratos do que um dia esteve na moda, por alguns anos, na capital. Isso, para ele, dava a quem as vestia um aspecto engraçado. Os corpos, também, não mais se pareciam com os da época em que partiu, agora via homens jovens musculosos, senhoras com roupas de academia, chegou a ver duas travestis bastante maquiadas e com uniforme escolar. Não mais a falta de dentes, a magreza contrastada com barrigas inchadas; não mais as machas na pele. Ainda assim, a pobreza habitava aquelas pessoas de formas diferentes. No olhar delas, uma resignação que ele considerava de uma tristeza cortante e salgada. O carro foi passando lento por elas e, embora Miguel se sentisse fraco, ralentava a chegada na casa da família, não sabia o que dizer ao chegar. Por anos apenas se comunicou por cartas, depois por e-mails e atualmente por mensagens no WhatsApp, em que mais visualizava do que respondia. Sentia um abismo comunicacional entre ele e a família, uma coleção de pequenas mágoas.

    Conforme foi passando com o carro na rua em que um dia morou, percebeu outras mudanças, algumas casas foram ampliadas, os muros bem cuidados, pequenas mansões que valeriam quarenta vezes mais se instaladas no bairro onde morava.

Continuou dirigindo e, um pouco tonto, penetrou em um túnel escuro da sua memória, vozes infantis chamavam pelo seu nome, uma voz ralhava com ele. Miguel sentiu como se as pernas tivessem ficado muito pesadas, os lábios ressecados, precisava de água e as vozes se adensavam, "Vai brincar! Sai de casa!", "Por que você é assim?", "Salada de fruta!", "Gosto do seu beijo!", "Fiz essa cocada pra você, Miguelzinho.", "O Miguel é muito quieto. Será que ele é doente?", "Esse menino é estranho.", "O filho da Lídia, sim, aquele, o Miguel.", "Miguel! Miguel! Miguel!"

Ele acordou com o irmão socando a janela e gritando o seu nome. Abriu o vidro e Fábio enfiou a cabeça dentro do carro, "Você está bem, cara?! Estava entrando em casa, estranhei esse carro aqui na porta e te vi desmaiado sobre o volante."

"Dormi um pouco. Estou me sentindo muito cansado."

Fábio foi correndo até a outra porta e tirou o irmão de dentro do carro, o abraçou pelo tronco e o levou para dentro. Miguel achava estranha aquela aproximação física do irmão, como uma invasão tocando sem reservas em seu corpo, como se eles fossem íntimos. Achava estranho também o que começava a considerar um excesso de cuidados. "Calma, Fábio. Eu não vou entrar assim, vai assustar a mãe." Recompôs-se, fechou os olhos para encontrar dentro de si algum centro, algum equilíbrio para o corpo, e seguiu logo atrás do irmão em direção a casa.

A mãe estava à porta, vendo-o chegar. Segurava um pano de prato nas mãos. Miguel sorriu, não esperava outra cena mais clichê vinda dela, que estava assim também quando partiu, com um pano de prato nas mãos.

A mãe não falou nada, não sorriu, disse apenas "entra" e seguiu com ele até o sofá da sala. "O que você tem, Miguel? Está se alimentando direito?", ela falava enquanto escaneava o filho da cabeça aos pés. "Você acha que ainda tem idade para usar essas roupas? Ah! Miguel, vou preparar uma sopa pra você e logo você vai ficar bem!"

A mãe saiu em direção à cozinha, com andar lento e postura encurvada. Fábio deixou Miguel e seguiu para cuidar da vida, e, com a mãe indo à cozinha, o regressado se viu sozinho na mesma sala em que assistia à TV com a família, enquanto elaborava planos de fuga. Fuga da família, da forma como eles viviam a vida, fuga daquela casa com paredes descascadas, daqueles objetos de gesso nas prateleiras da estante, daquela toalha de crochê sobre a mesa, do chão de vermelhão, fuga do cheiro daquelas pessoas que o acaso lhe entregou como família.

A sala não era mais a mesma. Assim como os moradores da casa, agora a sala comunicava, de outras formas, pobreza e abandono. Se Miguel não estivesse se sentindo tão fraco, ele se levantaria, voltaria para o carro e seguiria para não mais voltar. Mas nem sabia se conseguiria chegar até o portão. De uns meses até aquele instante, foi começando a se sentir enfraquecido. De início, uma sede insistente, depois passou a acordar de madrugada com uma vontade forte de urinar, então vieram as tonteiras e a visão turva.

Evitou ir aos médicos o quanto pôde, mas um dia, sozinho no apartamento, o medo da morte o levou para o pronto-socorro, precisaria de dietas, exercícios e medicação para se recuperar. Tentou usar óculos, mas, misteriosamente, ainda assim, não conseguia ver com nitidez. Recém-separado da última namorada, se viu sozinho e fragilizado logo quando completaria cinquenta anos.

Miguel escolhera não ter filhos, os relacionamentos não se firmavam, desistia fácil de lutar para que eles se fortificassem. As mulheres com quem se relacionou se sentiam desprezadas e, calculando que dele jamais receberiam o amor verdadeiro, direcionavam a vida para outras afeições, outros homens mais emocionalmente disponíveis.

A mãe retornou para a sala, nas mãos, um prato com sopa sobre um pano, para protegê-las do calor, a colher estava no avental, "Vem comer, Miguel!"

Sentaram-se à mesa. As palavras não vinham. Ele comia olhando para o prato. Ela o observava, tentando reencontrar naquele corpo de homem maduro o jovem que a tinha abandonado havia trinta anos. No vazio que se instalava, apenas uma frase, "Acredita que o Fábio não deu o dinheiro do gás?"

"Eu tenho dinheiro aqui, mãe."

"Eu não estou pedindo seu dinheiro, Miguel", disse, ofendida. "Nunca pedi e não estou pedindo. Estou apenas contando que seu irmão anda muito irresponsável, vai fazer quarenta anos e continua irresponsável, você acredita que ontem...", a mãe ia falando, e a voz estridente ia provocando em Miguel uma irritação que ele não conseguia compreender e controlar. Resolveu interrompê-la.

"E o pai? Como está? Tem vindo aqui?" A mãe baixou a cabeça, mirando nas frutas que ornavam o estampado da toalha de mesa. Ele sabia que esse era um território minado para os dois, mas resolveu arriscar. A fraqueza no corpo, por sua vez, o deixava irritado, cansado, querendo ficar sozinho. A mesma fraqueza que o levava a estar ali, vivendo seu pesadelo, no local que decidira nunca mais pôr os pés.

"Seu pai continua um errante, vem aqui às vezes ver o menino, quase sempre está bêbado. Sabe que eu não tenho mais ódio do seu pai, ódio não...", mexia na borda da toalha enquanto falava. "Resolvi na igreja, Jesus me salvou de ter ódio."

"Será que Jesus me salva de morrer aos cinquenta anos?", perguntou, Miguel, agressivo, ao se levantar com dificuldade.

"Ué, você precisa acreditar. Você acredita? Eu dei uma educação religiosa pra vocês, mas vocês saíram todos como a família do seu pai."

"Quero vê-lo", disse, falsamente distraído.

Um silêncio tomou conta da sala, a mãe pegou o prato e voltou para a cozinha. Miguel se deitou no sofá e adormeceu. Acordou com um rosto de menino sobre o seu.

"Tiooooooooooooooooooô!", gritou o menino, jogando o corpo sobre o tio, como uma forma desengonçada de um abraço. Miguel retribuiu, sem jeito. Não conseguia ver o rosto do menino com nitidez, nem o do menino nem o de ninguém, desde que a visão foi ficando turva. O abraço do menino parecia uma invasão no seu campo de proteção, evitava ao máximo aproximações físicas, o único contato que se permitia era com as mulheres com quem se relacionava.

E o menino não saía do abraço. "Eu queria tanto te conhecer, tio, que agora nem sei o que falar."

"Sai de cima do seu tio que ele está doente!", ralhou a avó. "Cadê seu pai que não vem te buscar?! Olha, é muito pra essa velha aqui, não tô aguentando isso mais não." Ela foi puxando a criança. "Sai! Eu já não disse?!"

"Deixa ele, mãe." Miguel percebeu que anoitecera.

"Avisei ao seu pai que você está aqui e que quer muito falar com ele."

"Eu não disse muito, mãe."

"Ah! Não sei! Ele disse que vem aqui", falou e foi novamente em direção à cozinha.

Mãe e filho passaram a noite lado a lado no sofá, assistindo a programas populares da TV. A mãe percebia a respiração do filho, sentia que ele não estava bem, e depois de horas, em um movimento abrupto, inseguro, levou as mãos até as mãos dele. Apertou. Ele pôde sentir a textura áspera. "Você vai ficar bem, meu filho. Eu tenho certeza que vai."

Nó na garganta.

Logo, a mãe tirou as mãos do filho. Miguel queria desabar sobre o corpo da mãe, descansar de trinta anos de lutas, descansar de todos os desenganos, pedir perdão por nunca ter voltado, por nunca mais tê-la visitado. Dizer que ela não sabia de nada, que ele nunca tinha contado toda a verdade para ela. Mas a única coisa que conseguia era continuar olhando para a televisão em silêncio.

Passou a noite acordado, viu a mãe dormir e acordar algumas vezes até se levantar e ir para o quarto. Ele não conseguia dormir, sentia-se derrotado. "Aqui não volto nunca mais!" Um grito do passado ecoava no seu presente, zombava dele. Desejou novamente ir embora, mas já era tarde, seu corpo adoentado o levara até ali, e os olhos da sua consciência o vigiavam naquela noite mal-assombrada.

Pela manhã, Fábio chegou animado, chamando Miguel para dar uma volta na cidade. "Vamos?! Eu, você e o moleque. Você não vai acreditar como Junqueira mudou.", Fábio falava com ele com uma empolgação que Miguel não encontrava lugar para acomodar no dia. Tantos anos distantes e como ele não tocava no assunto? Por que ele nunca requereu a presença do irmão? No máximo, Fábio lhe pedia alguma ajuda financeira de vez em quando. Por que eles não gritavam a ele a dor do abandono?

O garoto surgiu na sala, abraçou Miguel pelas pernas. "Tio, vamos jogar bola mais tarde?!" Miguel sorriu, apenas.

Seguiram de carro, Fábio mostrava as mudanças ocorridas em Junqueira. "Lembra que você me trazia naquele campo para soltar pipa? Olha o que virou! Nem parece, né?"

Fábio parecia querer comunicar ao irmão como Junqueira não era mais o fim do mundo, sendo assim, Miguel poderia viver ali. Ele ainda era um menino de dez anos, estava na rua, quando viu Miguel seguir sem olhar para trás, apenas com uma mochila nas costas. Alimentou por trinta anos um amor engavetado e agora parecia que a gaveta se abrira, a ponto de Miguel perceber, no olhar do irmão, o mesmo olhar do menino que no passado ele levava para jogar futebol. No banco de trás do carro, o filho de Fábio observava com intensa alegria os irmãos, ele se chamava Miguel em homenagem ao tio.

Chegaram em frente a uma casa bem mais simples do que a da mãe, não tinha muros, o quintal não era cimentado, um varal cheio de roupas claras anunciava se tratar de uma família asseada. Uma mulher loira lavava roupas em um tanque situado embaixo de uma árvore, ela parecia ter sido muito bonita na juventude. A porta da sala estava aberta. Fábio parou o carro.

"Ele mora aí." O menino no banco de trás tentava ver o olhar do tio pelo retrovisor. "Vai lá, ele vai gostar de te ver. Nestes trinta anos ele sempre comenta sobre você, sente orgulho de você ter se transformado em um escritor famoso", disse, embargado, o irmão. O menino deu três tapinhas no ombro do tio.

"Não existe escritor famoso, Fábio." Miguel caminhou pelo

quintal. Entrou na sala sem chamar, ouvia apenas o barulho do carro de Fábio que partia lentamente. Sabia que o pai já lhe esperava.

O velho estava sentado em um sofá, a perna direita, repousada sobre um banquinho de madeira, estava enrolada em ataduras e muito inchada, contrastando com o corpo magro. Ao lado do sofá, outro banquinho com uma garrafa de cachaça aberta e um copo com um pouco do líquido. O cheiro doce da bebida enjoava Miguel desde a infância. As pernas enfraqueceram um pouco mais, parecia que ele ia desmaiar.

"Está mais magro, Miguel? E essa barba?"

"Bebendo, pai? Tão cedo." Não estava preocupado com o pai, mas lhe faltavam palavras. Sentou-se rápido no sofá para tentar recobrar as forças. "Como ele pode agir como se não tivesse trinta anos que não nos vemos?"

"E essa perna?"

"É a que eu tenho. Por enquanto, porque dizem que vão cortar." O hálito forte do pai se espalhava pela sala, a sensação de mal-estar em Miguel aumentava.

"Você não se cuida, nunca se cuidou." O pai sorriu. Estendeu o braço até o copo com cachaça. "Quer um pouco?" Ofereceu a bebida com um sorriso galhofeiro no rosto, que logo se transformou em seriedade, e olhou para o chão. Miguel olhava pela janela o varal com as roupas que se movimentavam com o vento, imaginava que mesmo sendo um grande teimoso, o pai encontrara alguém para cuidar dele, coisa que ele não tinha. Ficaram em silêncio. Um oceano de trinta anos os separava.

"Pai, eu vim aqui porque quero te dizer que... Quero te dizer, quero não, eu preciso te dizer."

"Inês! Oh! Inês!" O pai começou a berrar. A senhora

que Miguel viu lavando roupa apareceu na sala, estava bastante maquiada, vestindo roupas simples e um pouco molhadas. Inês parecia estar metade pronta, metade despreparada para receber alguém em sua casa humilde. Ela olhou com constrangimento para o visitante, as mãos estavam com espuma de sabão.

"Inês, minha filha, pega aquilo que eu te pedi. Este aqui é o seu irmão, Miguel." Eles se olharam sem emoção. Miguel voltou a fitar pela janela o que se movimentava fora daquela sala e o pai voltou a buscar algum ponto fixo no chão. O silêncio foi interrompido pela filha, com uma caixa nas mãos. Deixou sobre o colo do pai. Miguel tentou reencontrar o curso. "Pai, eu realmente preciso te dizer."

"Isso aqui, meu filho, é algo que usei um tempo atrás, uma bicheira que me deu, um médico disse que seria bom eu usar." Inês foi saindo da sala discretamente. "Quando a sua mãe me contou que você estava doente, eu lembrei de separar pra te entregar. Eu sei que dinheiro não é problema pra você, mas foi o que eu pensei logo que ela me contou. Você sabia que ela me perdoou? Sua mãe tem um coração bom, é que... é que na juventude, hoje eu sei, eu sei que você me entende, na juventude a gente bate cabeça. A gente é homem."

"Ela não merecia", disse Miguel, com firmeza.

O pai estava com a mão estendida segurando o objeto. O barulho do carro de Fábio se aproximava, Miguel havia combinado que em vinte minutos falaria com o pai o que precisava e iria embora. O coração de Miguel batia descompassado, não conseguia ver o rosto do pai com nitidez e isso o deixava mais tonto e inseguro.

"Fiquei muito preocupado com você, meu filho. Você é um escritor de sucesso, sei que seu mundo iria desabar se você não conseguisse mais ler e escrever. Desde pequeno, você sempre gostou dessa coisa de livro." Miguel pegou os óculos simples das mãos do pai, estavam engordurados, a lente tinha um arranhão. Levantou-se e se dirigiu à porta. A vida que abandonara havia se desfeito no tempo, era como se não tivesse nem mesmo existido. Ainda tentou um último golpe, um último movimento para lhe tirar as toneladas das costas. Voltou-se para o pai sentado no sofá.

"Por que você não está me deixando dizer que te perdoo?", dita a frase, um vazio se instalou no interior de Miguel, ele não conseguia mais pensar, não sabia se deveria se aproximar do pai. Um som de buzina veio do portão. Com uma bola de futebol no colo, Fábio estava preocupado com a demora da conversa, "Será que estão se agredindo?" Mas preferia esperar do lado de fora. O pai estava chorando, um choro que foi se tornando desesperado.

"É o seu irmão no portão, conheço o barulho do carro. Vai e se cuida!"

Miguel saiu da casa segurando os óculos na mão e com um obrigado preso no peito, não se sentia muito emocionado, tão pouco leve.

Percebeu que próximo ao tanque, no quintal, Inês o observava intrigada e, ao voltar-se em direção ao portão, diante do carro, um menino segurava uma bola de futebol e o esperava sorrindo.

Feliz aniversário

O dia amanheceu nublado. Zilda passou o tempo quase todo em frente à televisão, mudando de um canal para o outro. Nada chamou a atenção da senhora e, de certa forma, queria que as horas seguissem rápido, não estava dando conta de vivê-las. A vida tinha se transformado nessa ânsia pelo dia seguinte, não conseguia colocar os pés no presente sem feri-los no que havia se tornado a realidade em que se encontrava.

A filha de Zilda, Suzanne, resolveu morar fora do país dez anos antes. Levou o filho ainda pequeno, disse que talvez voltasse se nada desse certo, disse que era necessário, que se sentia desmerecida depois de tanto estudar e ter que viver uma vida tão exaustiva. Zilda não aceitava muito o que a filha dizia, apenas queria que Suzanne fosse feliz e, mesmo sem ter escutado um pedido de permissão, foi um sim que surgiu da voz firme da mãe, "Vai, minha filha, você estudou, merece ser respeitada."

Não passava pela cabeça da senhora virar um empecilho para os planos da filha, "Eu crio a minha filha para a vida, não para mim", dizia, orgulhosa. Mas, ao mesmo tempo, o que a voz dizia não correspondia a algo nebuloso dentro da alma, que parecia ter se fragilizado. A voz afirmava e, ao mesmo tempo, no pensamento, uma luz se apagava.

Ali, diante da TV, com uma coberta sobre as pernas, meias nos pés, e vestindo um robe velho de algodão, a senhora passou o dia pensando na filha. De quando em quando, o celular sobre a mesinha de centro da sala apitava, mas ela não tinha desejo de ir olhá-lo, sabia que se tratava de felicitações em razão do seu aniversário. A cada sinal, uma irritação, não queria mensagens, queria a presença das pessoas, como nos almoços e festas que costumava fazer quando era mais jovem, quando Suzanne enchia a casa de amigos. Até mesmo o irmão de Zilda, que já estava chegando aos oitenta anos, preferia enviar mensagens, havia meses que não se encontravam.

No dia em que Suzanne foi embora, Zilda preparou um almoço especial com tudo que a filha gostava de comer: carne de porco, farofa com banana e passas, empadão e pudim de leite para a sobremesa. Suzanne comentou que estava cheia de coisas para resolver e só apareceu em casa no início da noite, para tomar banho, dar banho no menino e pegar as malas. A mesa posta coberta por uma toalha xadrez branca e vermelha. O banquete nem foi tocado, nem mesmo sobre o cheiro do alimento que perfumava a casa a filha comentou, "Era como se Suzanne não mais estivesse aqui, o corpo estava, mas era como se a minha filha não mais estivesse aqui, entende?", Zilda contou para o irmão no dia seguinte. A comida permaneceu coberta pela toalha por alguns dias, até azedar.

No fim da tarde, o céu começou a se abrir e uma luz bonita entrou pela janela, isso animou Zilda a se levantar, afinal era o seu aniversário; se a filha se esqueceu de ligar, ou se preferiu enviar uma mensagem pelo celular, mesmo sabendo que ela odiava essas mensagens, paciência. Em alguns momentos uma força motriz estranhamente a animava. Levantou-se do sofá, faria um bolo! Comeria alguns pedaços e o que sobrasse doaria para os vizinhos no dia seguinte, eram gente tão legal, vigiavam a sua casa e, quando faziam festas, sempre convidavam. Zilda tomou um banho, pegou sua bolsa de palha, presente antigo de Suzanne e foi para o supermercado do bairro.

No caminho, resolveu olhar o celular, leu o eu te amo da filha, viu o desenho de gato segurando um bolo enviado pelo neto, ouviu o áudio do irmão, algumas amigas da missa e outros parentes também enviaram mensagens. Sentia uma alegria leve, um aquecimento brando no espírito, mas, ao mesmo tempo, era como se as felicitações fossem para outra pessoa, uma pessoa que ela não era mais, pois, com a viagem de Suzanne, ela foi se despedindo de si sem avisar às pessoas, que continuavam a tratando como a Zilda alegre de antigamente.

Tinha medo de enlouquecer quanto mais se desprendia da Zilda que fora um dia. Não sabia em que rocha se segurar para não ficar em suspensão, vivia tomada pelo pavor de pisar firme em um chão que desconhecia, desta Zilda amarga e sem paciência que se tornara. Da antiga Zilda, restara a preocupação e o cuidado com os cabelos, as unhas e o que vestia.

O mercado não estava muito movimentado. Era um mercado médio, bem iluminado, com cinco corredores, e no final deles um açougue e uma padaria. Logo na entrada, Zilda pegou uma cesta de plástico, e foi buscar os ingredientes para o bolo. Muitos dos funcionários eram moradores do bairro. Jovens que Zilda viu crescer, alguns, inclusive, estudaram com Suzanne nos primeiros anos escolares. Enquanto avaliava o preço das latinhas de fermento, Zilda sentiu-se observada.

Era um dos seguranças, que a olhava da ponta do corredor. Braços cruzados, olhar acusador. A senhora já tinha passado por aquilo tantas e tantas vezes, não iria se deixar abater logo no dia do seu aniversário. Seguiu para o corredor da farinha de trigo, e, lá não era mais o mesmo homem que a observava, era uma mulher, que passou por ela algumas vezes. Zilda começou a sentir um mal-estar, não estava gostando daquela situação, sentia que o calor da vida, tão delicadamente recuperado por uma luz do fim da tarde, se esfriava a cada olhada acusatória dos funcionários do mercado.

Nem mesmo conseguiu selecionar os ingredientes para a cobertura do bolo e, tensa, seguiu para o caixa. Queria pagar logo por aquilo e sair dali. "Será que eles pensam que eu não tenho dinheiro?"

Quando chegou no caixa, antes mesmo de passar o primeiro produto, o mesmo segurança de antes se aproximou. "Pode abrir a bolsa, tia!" Zilda foi tomada por um constrangimento imenso. As poucas outras pessoas que aguardavam na fila e as funcionárias do caixa a olhavam com um olhar acusatório. "Abrir minha bolsa por quê? Você está me chamando de ladra?" Zilda queria falar mais alto, mas não conseguia, já tinha imaginado aquela situação algumas vezes, quando lhe pediriam para abrir a bolsa, mas não se sentia preparada para reagir. "Abre logo, tia. E vamos acabar com isso."

A voz do segurança era potente e segura. Para quem acompanhava a situação parecia que ele sabia bem do que estava falando. A outra segurança que também vigiou Zilda se aproximou. "Menina, você me viu roubando alguma coisa?" Ela não respondeu, apenas a olhava em silêncio, esperando o desenrolar da situação. Zilda ainda procurou o apoio dos outros presentes, mas os olhares eram desviados diante do seu pedido silencioso de socorro.

Alguns se colocaram a filmar o ocorrido, o que deixava Zilda mais transtornada. "Pois eu não vou abrir a bolsa! Pode chamar a polícia! Pode chamar o presidente aqui, que eu não vou abrir a minha bolsa, não fiz nada de errado."

Zilda viu que a segurança começou a falar no rádio com alguém e imaginou que a situação iria se resolver. A caixa do supermercado não registrava os produtos para o bolo de aniversário. O segurança parecia já estar perdendo a paciência quando chegou um homem muito jovem vestindo um terno preto. "O que que está rolando aqui?" O segurança explicou que era o de sempre, a senhora colocou produtos dentro da bolsa. "Bom, então vai ter que abrir a bolsa para provar que não roubou." A bolsa estava encaixada no ombro de Zilda e com os braços ela a firmava contra o corpo. "Mas eu não roubei nada!", a voz cada vez mais baixa, embargada e constrangida. "Gente, eu não roubei, hoje é meu aniversário." Zilda segurava o choro, o rosto amuando, os lábios ressecando. "Eu não roubei... setenta anos", disse, triste, e olhou para a bancada de inox da caixa, seus produtos ali parados, ela só queria fazer um bolo e se sentir um pouco melhor. "Chega!", gritou o homem de terno preto. "Eu já estou cansado de vocês!" E foi puxando a bolsa de palha e, com a bolsa, o corpo frágil da senhora até uma bancada na entrada do mercado.

Os outros clientes filmavam o desenrolar da cena com interesse. "Pronto, vamos ver o que senhora estava querendo levar da loja!" Zilda não sabia onde colocar as mãos, onde esconder a cara, sentia-se observada por todos que estavam no mercado. Cada objeto que caía sobre a bancada era uma pontada que a senhora sentia no peito, a carteira, o lenço, o celular e o guarda-chuva. Zilda olhava com os dentes trincados para o homem de terno preto, percebia o quanto ele era jovem, e tentava se lembrar de onde o conhecia, o rosto não lhe era estranho. "Sim, é o neto da Marilene, da rua de trás." O filho da vizinha, pai do que revistava Zilda, havia estudado com Suzanne nos primeiros anos. "Jo, Jó", tentava lembrar. "Jobson. Não é esse o seu nome?", disse Zilda, amargurada.

    O homem de terno preto parou de esvaziar a bolsa da senhora e olhou pela primeira vez nos olhos de Zilda, era um olhar de desprezo. "Foi engano, acontece, pode juntar suas coisas e voltar para pagar seus produtos, não precisa voltar pra fila." Em segundos, Zilda deixou de ser o centro das atenções, as pessoas não mais olhavam para ela, agiam como se todo aquele extenso instante não tivesse acontecido. Em Zilda, uma repentina dor na cabeça e na garganta, além de palpitações. Juntou os seus pertences, pagou as compras e foi para casa, "O neto da Marilene..."

    Chegou em casa e deixou a bolsa de palha no chão ao lado do sofá em que se sentou, o mesmo em que estava antes de uma ilusão turva ter lhe movido até o mercado. Sentia um aperto no peito, uma dor forte na barriga e uma ânsia de vômito, mas decidiu que não se levantaria, tinha medo de cair no caminho. O celular apitou, olhou e era outra mensagem do neto, agora uma imagem de urso panda segurando uns balões coloridos e um bolo. As mãos de Zilda estavam um pouco dormentes, colocou o celular sobre a mesinha no centro da sala, o rosto do neto da Marilene não lhe saía da cabeça, ela olhava para as sacolas do supermercado para se certificar que aquilo de fato tinha acontecido, parecia um pesadelo. Uma caixa de leite, uma lata com fermento, um saco com farinha de trigo, não fossem essas coisas, ela teria apenas o rosto do neto da Marilene no pensamento.

    Dores no rosto e nas costas pareciam vir irradiadas do peito, mas iria passar, ela sabia que iria passar, cada vez vinha pior, mas passaria. Chegou tão atordoada que foi direto para o sofá, tinha que se levantar para trancar a porta, quem sabe pegar o celular e contar para Suzanne o que tinha vivido ou ligar para Marilene, mas se sentia fraca, a dor estava mais intensa.

    E na casa escura, apenas uma luz de celular piscava sobre a mesa.

Tainara

Com uma expressão aborrecida, segurava preguiçosamente um cone de sorvete de chocolate com creme, que, por derreter no calor daquela manhã, escorria por um braço, deixando-a irritada e confusa. No outro, carregava uma pequena bolsa rosa de plástico, que imitava as bolsas de senhoras elegantes, ela adorava. Pela testa de Tainara, gotas de suor escorriam em veios incessantes. Ela pedia chorosa para a mãe, Rosa, que passasse o lenço de papel para secá-la. O cabelo crespo estava penteado dividido ao meio, com dois pompons nas laterais. Usava um vestido amarelo de renda, apertado na barriga, e sapatinhos brancos de boneca. Nos últimos meses, Tainara vivia irritada, descontente, perguntas lhe arranhavam o pensamento. Rosa, na mesma zona arenosa da vida, precisava tomar decisões para seguir em frente. Diante do que viviam, Rosa não conseguia se ater aos constantes aborrecimentos de Tainara. Tentava solucionar os humores da filha dando-lhe tudo, ou quase, o que a menina pedia e o que não pedia, o que tinha e o que não tinha. Diante do descontentamento da pequena, e na pressa de silenciar os muxoxos, lhe entregava imediatamente algo para comer, como fizera com o sorvete.

No início, Tainara até gostou deste tipo de recompensa, do jogo, as regras estavam postas e com muita clareza, mas a alma de uma criança é nuvem sem chuvas, a alma de uma criança não se contenta com tão pouco, e, logo, cheia de inquietações, Tainara passou a não mais gostar da quantidade de comida que a mãe lhe oferecia.

A menina perguntava sempre que encontrava uma brecha na expressão cada vez mais sisuda da mãe: "Por que papai foi embora?!", "Cadê o papai?", "Quando ele volta?"

As perguntas, que iam perfurando as barreiras de um pequeno segredo, pareciam surras no íntimo culpado de Rosa. Queria a filha feliz, mas, antes de tudo, as queria vivas.

As duas caminhavam pelas ruas esburacadas e quentes daquele bairro da Zona Norte do Rio de Janeiro. "Por que papai foi embora, mamãe?" Insistia Tainara, enquanto aguardavam para atravessar em um cruzamento.

Por mais que Rosa respondesse à filha, nenhuma resposta convencia a delicada Tainara, como se o seu pote de entendimento das coisas permanecesse vazio. As palavras ditas pela mãe pareciam não dizer, se dissipavam na natureza antes de alcançar de forma integral o entendimento da pequena, que, insatisfeita, retornava as perguntas, "Cadê o meu pai..."

"Chega, Tainara! Eu já te respondi! O importante é que agora você tem a mim, e só a mim!" A explosão de Rosa, inesperada até então pela filha, fez Tainara arregalar os lindos olhos pretos arredondados. O sorvete que vinha segurando com desânimo e irritação pendeu de sua mão e se espatifou no chão. Um cachorro surgiu para lamber o doce.

Mãe e filha paradas, mãos dadas, o sinal havia fechado.

Estavam em uma esquina de uma encruzilhada. Aguradavam o sinal ficar verde. Rosa inspirou profundo o ar morno e poluído dos carros. Expirou. Os ombros relaxaram. Olhou para a filha. "Desculpa, não queria gritar com você, tá?!"

Precisava seguir. Olhou para algum horizonte, não o que estava a sua frente. "Vamos, Tainara, tenho que te deixar logo na casa da sua tia."

"De lá, vou tirar essa criança de dentro de de mim", pensou, assustada, insegura e triste.

Beijo sem máscara

O sábado de Júlia não estava sendo fácil. Paulo, seu marido, achou de sair na noite anterior e não voltar; não era a primeira vez que fazia isso, não seria a última. Cauan, o único filho, queria que ela fosse ao shopping com ele para comprar um tênis, já que o pai, que se comprometera a fazer isso, ainda não tinha aparecido. No celular, apenas uma mensagem às quatro da madrugada, "Não se preocupe, Ju. Estou bem."

Tênis comprado e, depois de voltar para casa com o filho, Júlia tentou apressadamente se arrumar para a comemoração de uma colega de trabalho, não queria perder o aniversário de Antônia, ainda mais depois da noite anterior, do chope no happy hour e da frase dita na fila do banheiro. A casa de Júlia era de dois quartos, telhado de cerâmica amarela e quintal onde reinava um antigo abacateiro. Aos olhos dos vizinhos, essa casa era o lar de uma família feliz. Pintada de branco, herdada dos pais de Paulo, localizada no fim de uma rua tranquila e sem saída de um bairro de subúrbio. A casa vivia totalmente bagunçada. Dois anos atrás, Júlia havia comunicado para o marido e o filho que não gastaria mais tempo arrumando a bagunça deles. Mas, embora sentisse certa liberdade por ter tomado essa atitude, muitas vezes, olhava aflita para a casa e pensava se não era assim que estava a própria vida, uma bagunça de sapatos, pratos sujos e poeiras acomodadas, que ela temia remover. Tanta poeira ajudava a não ver o que estava por baixo das coisas, por baixo da pele da vida. Consolava-se apenas pelo fato de que, com filtro sujo por onde se acomodara olhar, estava sendo possível cumprir algumas tarefas, responder aos chamados do cotidiano.

***

Júlia se arrumou, usou um creme que dava mais volume para o seu cabelo black. Paulo não gostava que ela usasse esse estilo, dizia que chamava muita atenção, mas ela vinha ignorando o gostar de Paulo já havia um tempo. Em seguida, apareceu na sala e se mostrou para o filho, queria uma opinião, sempre fazia isso; Cauan aprovou, disse, jocoso, que ela estava bonita, recomendou cuidado com os gaviões, embora o pai estivesse merecendo levar um susto para se tocar da mulher maravilhosa que tinha em casa. Ela encheu a cabeça do filho de beijinhos e fez um cafuné. Ele se encolheu, "Vai logo, mãe, você já está atrasada!"

Quando Júlia chegou ao samba, o ambiente já estava lotado e animado. Com certa dificuldade, ela conseguiu avistar Antônia, que comemorava com algumas amigas. Até chegar perto do grupo da colega de trabalho, passou por diversos homens, muitos deles negros, altos, estilosos, que lhe lançaram olhares, sorrisos maliciosos e desejantes, o que deixou Júlia desconcertada. Tantos meses sem transar com Paulo, tanto tempo sem, e lá estava ela diante daquela fartura de corpos, perfumes e sorrisos a desejá-la. Antônia, do outro lado da roda de samba, a observava, vidrada, vigiando.

Abraçaram-se. "Não consegui comprar um presente, até fui ao shopping com o Cauan, mas não sabia o que comprar, por isso me atrasei." Júlia ia soltando frases soltas, parecia que tudo nela estava aceso, lembrou-se da letra da música, que Antônia pedira à cantora do bar em que estiveram na noite anterior, logo após o trabalho, *por um âmbar elétrico*, e se lembrou também das duas frases ditas na fila do banheiro, que não conseguiu entender ou acreditar, mas que lhe guiaram até aquele momento. O telefone vibrou, "Ju, já estou em casa, cadê você?" Era uma mensagem de Paulo. Vinte anos casados, um filho adolescente, e ele resolve nos últimos meses tirar de dentro de si um macho tradicional que trai a esposa, e que pensa que ela é quem ela nunca foi. "Qual foi, Júlia?! Veio para a festa para ficar no celular?!", pilhou Antônia.

Júlia jogou o celular na bolsa, pegou um copo e, mesmo se dizendo fraca para bebida, foi aos poucos se soltando e bebendo mais. De quando em quando, lançava um sorriso para Antônia, que lhe retribuía, embora não lhe desse a atenção que sua expectativa havia floreado no pensamento.

Quem lhe fez companhia foi Glauber, o contínuo da mesma empresa, ele parecia ter a idade do Cauan. Beberam, sambaram, e Júlia até percebeu quando o contínuo se excitou ao dançarem juntos um samba romântico. Júlia percebeu, sorriu por dentro e seguiu a dança. Quando ia até a bolsa pegar dinheiro para as rachadinhas de cerveja, via que o celular não parava de vibrar, mas preferia não saber quem a chamava e continuou curtindo o som.

Júlia foi ao banheiro, fila enorme; quando, enfim, se aproximou da porta, ouviu uma voz grave sussurrando no seu ouvido, "obrigado por guardar a minha vez", as pernas de Júlia dobraram-se levemente com o efeito do tom baixo e suave da voz, era Antônia. As duas riram. "Aquele menino, o contínuo, ele está te perturbando? Qualquer coisa eu mando ele ir embora, esses caras não sabem beber." Júlia, já um pouco desfeita do glamour com que chegara ao samba, disse com a voz mansa dos bêbados, "Não, ele é um amor", estendendo a palavra no "mor", e Antônia sacou que a carne da sua presa estava macia. O corpo de Júlia, cansado de tanta cerveja, tombou para a frente, e Antônia a escorou, os lábios quase se tocaram. Antônia a afastou com cuidado. Júlia lançou a flecha, "Me diz uma coisa. Não. Me diz uma coisa. O que foi aquilo que você me disse ontem, na fila do banheiro?" Antônia olhou constrangida, sentiu o rosto dormente, olhou emocionada para Júlia e nada conseguia dizer.

Durante anos de trabalho na firma observando a sua deusa, até aquele momento em que teve coragem de convidá-la para um happy hour, motivada por tudo que vinha acontecendo, a mensagem do chefe, a sensação de fim de mundo, e pela comemoração dos seus trinta anos. Muitos chopes e algumas frases ditas em uma fila de banheiro, e agora, novamente em uma fila de banheiro, momentos únicos em que elas desfrutavam de certa intimidade, longe dos colegas de trabalho, agora, frente a frente do seu âmbar elétrico... "Oh! Minha filha, se não vai mijar, sai da fila ou passa a vez!", gritou uma mulher que estava atrás das duas, tão apertada para ir ao banheiro que nem conseguia perceber a singeleza da cena a sua frente. Júlia olhava firme para Antônia, que, congelada, não movia nenhum músculo do corpo. Júlia entrou no banheiro, e quando saiu, Antônia não estava mais por ali. De volta para perto do grupo que comemorava o aniversário, os parabéns já estavam no final e Antônia sorrindo rodeada de suas amigas parecia outra, não mais a de poucos minutos atrás. Júlia pegou a sua bolsa e foi embora, cambaleante. Chegando em casa, ao se deitar na cama, pediu para Paulo a abraçar e não falar nada, nem perguntar nada, e então chorou, chorou por tudo e dormiu.

No dia seguinte, embora fosse domingo, no grupo de

mensagens da firma, o chefe comunicava, "Como eu havia adiantado na sexta-feira, devido à pandemia, infelizmente nós fecharemos o escritório sem data para reabertura, enquanto for possível, manteremos os contratos de trabalho ativos e os salários em dia, algumas tarefas serão realizadas por vocês em casa, precisamos nos antecipar na contenção desse vírus desconhecido." Pandemia, escritório, vírus, fechamos, Antônia. As palavras circulavam na mente de Júlia, enquanto Paulo deixava uma bandeja com café, pão, suco e cereal na sua cama. Ela não entendia como ele podia tratá-la tão bem e traí-la, como ele podia ter desistido do sexo com ela, como ele podia ter desistido. Ou ela que teria desistido? "Quem se atirou primeiro no abismo que nos distancia?" O fato é que ela amava o marido, mas não o desejava mais. E parecia que ele tinha o mesmo sentimento. O marido, em silêncio, saiu do quarto, fechou lentamente a porta, sabia que a esposa devia estar com dor de cabeça por ter bebido na noite anterior.

    Antônia. Por um tempo indeterminado estariam longe uma da outra. Pensava isso com certo alívio, sentia-se confusa. Como pôde ter pensado que Antônia tinha algum tipo de desejo por ela? Ela, uma velha, com um filho de quase vinte anos. O que Antônia poderia ver? E, se visse, o que poderia oferecer a ela, sendo já uma senhora, tão crua, tão virgem, tão antiga?

    Júlia se levantou e começou a faxinar a casa, vinha lendo algumas notícias sobre um vírus desconhecido, mas nada que a alarmasse tanto quanto a mensagem de fechamento do escritório, precisava se proteger, proteger a sua família. Em casa, em isolamento social, passou semanas limpando obsessivamente tudo, dava banho de dois em dois dias no cachorro; luvas e máscaras tornaram-se seu traje natural, não mais beijava e nem abraçava o filho, com o Paulo a distância física aumentava, agora eles tinham um vírus como álibi, uma pandemia como razão para o distanciamento. Quando Paulo ou Cauan chegavam em casa, ela borrifava sobre eles uma solução com cloro, sabão e desinfetante, que inventara e que julgava ser eficaz contra o vírus.

Em certos dias, no entardecer, parava a extenuante limpeza, sentava-se no chão da varanda e ficava olhando o sol se pôr por trás dos morros verdes e inabitados do seu bairro. Para Júlia o subúrbio tinha uma beleza sem fim, nele ela se sentia protegida. Nos primeiros dias de faxina, reencontrara um livro que precisou ler na escola e, nesses fins de tarde, como em um ritual, abria aleatoriamente uma página de *Amar se aprende amando*, lia um trecho e fechava o livro. Entre a contemplação da natureza e a leitura, deixava o celular sobre o colo, em uma esperança contraditória de receber uma mensagem. Às vezes, chorava com uma angústia que não conseguia identificar a causa. Nesses momentos, nem o marido, nem o filho se aproximavam.

Meses após a mensagem do ex-chefe e o início de um penoso período de medidas de distanciamento social, em uma tarde, o sol já se escondia atrás das montanhas, que tinham suas formas delineadas apenas por um espanto em laranja, rosa e vermelho no céu. Júlia, sentada no chão da varanda, lia o poema *Reconhecimento do amor*, *Como nos enganamos fugindo do amor!*, sentiu o celular vibrar, era uma mensagem de um número desconhecido, "*Desde que eu vim morar nos seus olhos, está tudo aceso em mim*, foi isso que eu lhe disse na fila do banheiro. Estou morrendo de saudades, desculpe meu jeito, Tó" Júlia não sabia ao certo o que fazer, coração aos pulos, "Tó? Só pode ser ela." Pegou uma máscara, ajeitou o cabelo e saiu à rua olhando para os lados; uma intuição lhe dizia que Antônia estava por perto, "onde você está?", perguntou por mensagem, "Estou na sua esquina, vem!", respondeu, segura, a outra.

Andando apressada até a esquina, Júlia parecia uma fugitiva, fugitiva da própria prisão, e não conseguia nem ao menos pensar como Antônia, agora Tó, descobriu seu endereço. E lá estava em um carro preto, grande, de rodas imensas, com a janela aberta, Antônia, que acompanhava o andar de Júlia. Saíram do bairro em silêncio. As duas dentro do carro não se olhavam, e se ouvia apenas o barulho da respiração de Júlia; começava a anoitecer.

Antônia parou o carro, olhou nos olhos de Júlia, que pareciam menos melancólicos e mais expressivos, "Desculpe, Julinha, eu ainda estou aprendendo a ser."

Júlia, com os músculos da face tremendo, disse "Eu penso em você todos..." Foi interrompida pela outra, que cuidadosamente lhe tirou a máscara.

Com as mãos trêmulas fez o mesmo gesto em Antônia, era a primeira vez que a tocava. Suas mãos geladas no rosto morno e macio. Beijaram-se demoradamente, emocionadas. Um beijo sem máscaras, um beijo desses que principia um grande amor.

Nervos de aço

"O senhor vai querer que tire a barba?"

A pergunta — empurrão contra a parede — lhe arrancou do torpor em que estava nas últimas horas. "Barba?" O funcionário da funerária permanecia na sua frente, aguardando a resposta. "Sim, o senhor vai querer que tire a barba ou deixa como está? Ele está bem barbudo." Jumárcio olhou para os lados em busca de alguém, um familiar, um amigo, mas estava sozinho naquele momento, tendo que resolver todas as questões práticas e burocráticas que envolvem um enterro. Desde que recebeu a notícia, no hospital, dada por uma enfermeira, teve que começar a responder perguntas sobre coisas das quais nunca havia pensado, como se, em um instante, a vida o tivesse atirado em uma realidade paralela, uma vida fora da vida, onde transitam os que precisam enterrar os seus mortos. "Vamos até lá para o senhor ver." O funcionário era um homem negro, baixo, largo e agitado, que o levou por um corredor abafado, escuro, cheio de caixões de diversos tipos. No caminho, Jumárcio se lembrou vagamente de ter escolhido um caixão minutos antes, mas não conseguia mais distinguir qual. As lembranças das últimas horas apareciam como em um pesadelo. Uma ânsia de vômito vinha e voltava. O corredor dava para uma sala onde o seu filho estava deitado. O sol da manhã entrava pela janela e tudo parecia uma realidade esgarçada. "Vinte anos, tão novo, deveria ter sido eu." O funcionário falava de coisas que, para ele, naquele momento, pareciam sem sentido. "A vida tá muito violenta mesmo... Jesus deve estar voltando... Ele torcia para algum time?"

"Por que me deixaram sozinho neste momento? Por que entenderam que eu aguentaria?", se perguntava. Ao ver, novamente, o corpo do filho, surgiu em sua mente uma cena ocorrida ainda naquela manhã, no IML, o mesmo corpo, nu em uma maca de aço, o perito lhe dizendo, "Reviraram o corpo dele por dentro, os órgãos estão todos revirados." Na memória recente, os olhos verdes do perito pareciam muito claros, aparentando uma enigmática ausência de emoção, o que fazia a cena parecer ainda mais turva.

Começou a transpirar, sentir o corpo gelado, as pernas perdiam a força e um embrulho dentro dele parecia querer sair em vômito, embora já estivesse por mais de um dia sem comer nada. O funcionário da funerária, ao ver o seu estado, saiu da sala, parecia impaciente, queria resolver logo a questão da preparação do defunto. Jumárcio ficou uns instantes olhando para o rosto do filho, pensava se ainda havia algo dentro do corpo, algum resquício de alma. Tentou tocar no rosto daquele pedaço seu, mas não conseguiu, saiu chorando da sala. Encontrou o funcionário e, antes que este perguntasse, disse de forma afobada que poderiam rapar a barba. Ao passar da recepção, alcançou um pequeno quintal, onde vomitou um líquido espesso e vermelho-escuro, a boca amargou e, entre um abaixar e levantar de cabeça, ainda olhou para os lados, como se esperasse pela chegada de alguém.

***

Ninguém se importava com o "o outro", com o negro, que lá ia, rua abaixo, triste e desolado, entre as baionetas, à luz quente da manhã:

todos, porém, queriam "ver o cadáver", analisar o ferimento, meter o nariz na chaga... Mas um carro rodou, todo lúgubre, todo fechado, e a onda dos curiosos foi se espalhando, se espalhando, até cair tudo na monotonia habitual, no eterno vaivém. Rafael fechou o livro e, por uns instantes, as palavras finais do romance ficaram circulando em torno dele. Amaro, *Bom-Crioulo*, seguindo pelo ermo da vida, vazio de si e do amor. Lembrou-se de Jumárcio, meses que não se falavam, tudo havia sido tão corrido, tão intenso.

Ainda usava as roupas que o ex-namorado havia deixado no seu apartamento e, quando a saudade doía no peito, preparava, entre lágrimas, as comidas que o seu homem gostava de comer. Eles se conheceram em um samba. Jumárcio curtia animado com o filho. Rafael, entediado, acompanhava algumas amigas, que, assim como ele, davam aulas de literatura. O olhar que Jumárcio lançou na direção de Rafael foi tão doce e ao mesmo tempo tão incisivo, havia tanta urgência. Mas Rafael logo percebeu que ali nada aconteceria, pois, logo após lançar o olhar, a senha, Jumárcio se fechou e não mais olhou na direção dele.

O samba foi esvaziando, madrugada reinando, e Rafael convenceu as amigas a ficarem até o final do evento, em algum momento aquele homem negro, musculoso e viril faria contato, não se perderiam. Só que a esperança muitas vezes se esgota descuidada. O samba acabou. Foram para casa sem se falarem, cada um para uma região da cidade, levando na imaginação todo o bom da vida nos sonhos que aquele olhar revelou. Por semanas Rafael voltou ao mesmo samba, no mesmo horário, na expectativa de rever seu príncipe do subúrbio, aqueles lindos olhos de menino, que lembravam jabuticabas.

Um dia, bêbado, sozinho e desacreditado, quando saía

do mesmo samba, Rafael foi segurado pelo braço. Era Jumárcio, ofegante e doce, que o segurou em silêncio, como se buscasse um abrigo. Rafael não se assustou, esperava aquele momento por semanas, apenas disse, "Vamos, vai ser bom." Naquela noite dormiram abraçados, mas não se beijaram, conversaram por horas sobre samba, futebol, infância e comida. Jumárcio falava mais que Rafael, parecia querer contar tudo de si, esvaziar-se para o outro, que o acolhia com um abraço calmo e silêncio de grande ternura.

Eles se amaram por meses, como grandes amigos, como grandes amantes, o corpo negro de um, em simbiose, se afinava com o corpo negro do outro, e juntos formavam um único corpo negro, forte, alto, musculoso e invencível, assim como o amor que os unia. De quando em quando, Jumárcio surgia angustiado, falava do filho, da rebeldia do jovem, dos sonhos absurdos de consumo, de temer por ele. Falava também que o filho nunca poderia saber, viviam apenas os dois desde que Jumárcio se separara, com quarenta anos já não dava mais para levar surpresas para ninguém. A vida já estava assentada daquela forma, o menino já dava trabalho, não queria pirar a cabeça do filho, estava bom assim.

Com o tempo, os períodos de angústia de Jumárcio foram se tornando mais frequentes e o príncipe do subúrbio ficando mais ausente, silencioso. Junto com a angústia vieram o ciúme e uma inesperada agressividade. Uma noite, Jumárcio chegou transtornado no apartamento de Rafael, camisa aberta, peito estufado, bêbado de cerveja, fazia acusações, cobrava fidelidade, bateu com um cinto no corpo do seu amor, que chorou em um canto da cozinha por ver seu sonho estilhaçar, cortar o espírito, como a pele em pó de vidro.

Ainda assim, naquela noite os dois dormiram juntos, aconchegando seus corpos negros, fugindo da loucura.

No dia seguinte, ao acordar, o professor de literatura percebeu que o silêncio havia tomado conta do apartamento, o mesmo silêncio de agora, sem Jumárcio, enquanto Rafael, deitado na rede, com o livro sobre o peito, ansiava por querer ter seu amado por perto.

O professor caminhou até a estante da sala, pegou o celular, mas paralisou na hesitação de se precipitar no abismo da sua saudade.

***

Terminado o velório, chegou a hora de levar o caixão para ser lacrado em uma estrutura de cimento. De tanto chorar, Jumárcio atingiu uma calma inusitada e recebeu um abraço cúmplice da sua ex-esposa, eles dividiam a mesma dor de perder um filho assassinado. Rosana perguntou um tanto atordoada, "Por que tiraram a barba do menino?" Jumárcio não conseguia falar, responder. Ela disse "Obrigado por ter cuidado de tudo." Ele não conseguiu retribuir, sentia-se frágil, por dentro do seu corpo só o vazio, os olhos de jabuticaba pareciam acinzentados, também vazios.

Jumárcio segurava o caixão com a mão esquerda, o cortejo estava mais lento que o esperado por ele, por vezes parecia que o corpo iria tombar. Um sol muito forte tornava tudo mais delirante. Ele fechou os olhos, seguiu andando, no bolso o celular vibrava, ele intuiu quem era, "Será que..." Imaginou-se deitado ao lado do seu amado, imaginou nunca mais sentir solidão, mas logo o barulho de um sino quebrou a sua imersão. "A paisagem nunca se completava."

Por um instante esgarçado, o peso do caixão cimentava os músculos do braço de Jumárcio. Ele repetia mentalmente, *Meu pai Ogum, não me deixe cair, não me deixe tombar! Patacuri Ogum, Ogunhê, meu pai!*

Na porta do cemitério, o esperava um inseguro Rafael.

Para quem acompanhava o triste cortejo, ao ver Jumário carregando o caixão, a impressão que se tinha era a de observar um herói ferido, resistindo e pedindo por abrigo.

Rota

> *Que venha um grande verão de acácias chovendo ouro*
> *e cigarras cantando, venha um grande verão com sua inocente força*
> *animal,*
> *como os grandes verões de antigamente!*
> Que venha o verão (1948), Rubem Braga

Amigo, acabo de chegar; entrei tentando não fazer muito barulho para não acordar o velho que mora aqui ao lado; ainda acho melhor morar nessa área de serviço do que em casa, tão longe e onde nem quarto tenho. Quero muito lhe contar antes de dormir. Esta semana li aquele livro que você me indicou, *Os dragões não conhecem o paraíso*, Caio realmente mexeu muito comigo, o conto *Pequeno monstro* me tirou do chão, li diversas vezes a xerox que veio naquela carta, e agora pude ler o livro inteiro, talvez até tenha estimulado em mim as mutações que me levaram ao que ocorreu hoje.

Estes dias de verão aqui em Copacabana, neste fim de férias, têm sido bastante estranhos. Aqui me sinto um estrangeiro, mas, quando volto pra casa, também me sinto um sem lugar. Continuo chorando muito, vivendo doído e vagando. Mas não quero fugir do assunto, amanhã recomeçam as aulas e tenho que dormir. Passei esta semana indo ao Baixo, em Botafogo; entrava nos bares, ficava alguns minutos, me sentia sufocado e saía. Lá tem um bar chamado

Loch Ness, quando eu passo em frente a ele, imagino um monstro enorme, como o que aparecia em um desenho animado, saindo de dentro do bar e espantando a todos, então rio por dentro. Quando você vier ao Rio, vou te levar lá. Não aguento mais de vontade de te ver, te abraçar e podermos nos contar. Não imaginava ver tanto antes dos 22 anos. Acho que a parte que você destacou na cópia do conto *Pequeno monstro*, que me enviou naquela carta, tem muito mesmo a ver comigo, o desejo. Mas, então, preciso contar, aconteceu!

Eu saí do bar e fui andando em direção a um ponto de ônibus, pensando muito como sempre, frustrado como sempre, foi quando um carro passou bem perto de mim, bem devagar, um carro antigo. E o cara que estava dentro, perguntou se eu queria uma carona, o sim saiu de mim, mais forte que qualquer bloqueio. Fomos para um apartamento aqui em Copa, de frente para o mar, ele disse que era de uma prima, colocou para tocar Sarah Vaughan e tentou me explicar coisas sobre o jazz, que eu já conhecia, mas queria reconhecer ensinado por ele, deixá-lo falar e curtir a sua voz; a segurança com que ele falava me deixou inseguro e encantado, havia uma beleza assustadora na voz, combinava com algumas rugas ao redor dos olhos e com o nariz grande e singular, que equilibrava os óculos. Ver alguém estranho muito de perto e reparar em pelos, poros e pequenas manchas muitas vezes me assusta.

O mar de Copacabana, à noite, observado daquela altura, me fez entender muitas coisas, me fez entender umas crônicas do Rubem Braga, me fez entender que, talvez, eu apenas veria a vida lá de baixo, sem beleza. Estava pensando essas minhas besteiras de sempre quando ele me abraçou, senti a barba arranhando e, enquanto eu me concentrava em passar tranquilidade, nos beijamos. Depois disso, apenas percebia a voz de Sarah Vaughan cantando *The man I love, My Romance, All too soon...*, ocupando os vazios daquela sala com poucos móveis, e o gosto de cigarro vindo da boca que me beijava, as mãos grandes, a pele clara, os pelos nos braços, o ar que saía do seu nariz. Tudo se fundia em algo que eu não podia mais controlar, tudo era o desejo e, de quando em quando, eu abria os olhos e percebia a luz da noite que entrava indiscreta pela janela.

Alguns movimentos me machucavam, mas estava amortecido de desejo, eu não conseguia reagir a nada. Depois, ele disse que precisava seguir, parecia não saber o que fazer comigo, eu também não sabia. Perguntou se eu queria ficar em algum lugar. Menti que iria direto para casa, dispensei a carona e andei um pouco pelo calçadão. De perto e quase vazio não parecia mais como em minutos antes, quando eu o observei de tão alto. Uma mistura de alívio, alegria e certa nostalgia me tomava. Lembrei do meu primeiro beijo, dos namoros com as meninas, dos cantos escuros do quintal, lembrei, de novo, que lá nada mais sou.

Escrevo pra você ouvindo o CD da Zizi, *pudesse eu ter a rota certa*, queria tanto te contar que enfim aconteceu e tentar tirar de mim essa sensação de solidão que viver algo muito especial sempre me traz. Amanhã as aulas retornam, vou ver se na biblioteca tem o *Morangos mofados*, quero ler tudo do Caio! Se tudo der certo, no final do ano eu me formo. Se eu pudesse colocar essa emoção de hoje em um pote e me entregar a daqui, sei lá, dez, vinte anos, o que seria?

O sono está chegando; hoje pela manhã vi multidões saindo do metrô e indo em direção à praia, tanta gente e todos parecem tão felizes em sua pobreza escura. Talvez por estarem juntos e se encaixarem. Eu sigo só, como um pequeno monstro cheio de espinhos. Amigo, como o Rio é lindo em fevereiro! Diante de tantos me senti mais fragilizado, sem casca. A solidão é como uma haste de ferro no centro do corpo, a cada movimento brusco ele dá seu sinal de dor, e agora a haste está fazendo doer. Quanto tempo o cheiro dele estará no meu corpo? Quando eu acordar, acho que já terá ido embora, como tudo sempre vai; agora, a Zizi está cantando *E Chiove*, o som está bem baixinho neste quarto pequeno e abafado que algum dia serviu a alguma empregada doméstica e aos seus sonhos. Também sonho. E eu choro. Nesta área de serviço espero por você, ou, quem sabe, um monstro lindo não saia de algum lago de São Paulo, te abocanhe e te deixe no Rio, onde te abraçarei demorado.

Abraços, do seu Eduardo. Vivo de saudades!

Rio de Janeiro, 28 de fevereiro de 1999.

Deslike

Lorraine não entendeu quando viu aquela reação de deslike no vídeo dela com o namorado postado nas redes sociais. Depois de quatrocentas e vinte três reações positivas, um deslike. De início resolveu ignorar, e este início para uma jovem de dezessete anos não dura mais de trinta minutos, por isso, logo depois de se distrair com memes, enquanto teclava no WhatsApp e escutava as novas músicas do grupo de pagode formado por moradores da sua rua, Lorraine voltou para a postagem, e lá estava, o único deslike a atormentar sua curiosidade e ferir-lhe o ego. Não bastasse o deslike, um perfil anônimo escrevera, *Um 'belchior' de mesquinharias açula-lhes a vaidade e alimenta-lhes o despeito.*

Namorava Andinho desde os quatorze anos, formavam o casal mais bonito do morro, ele desde muito jovem já trazia os desenhos dos músculos que acabou por esculpir na academia improvisada com os amigos no fundo do quintal da casa de um deles; ela expressava uma beleza que em muito lembrava a da mãe, apenas quinze anos mais velha. Quando as duas saíam às ruas juntas para resolver necessidades da vida doméstica, os homens não sabiam qual delas observar, desejar, perdiam o foco e oscilavam o olhar, alimentando o imaginário. Educada, gentil, simpática, Lorraine era uma querida. A mãe batalhava como passadeira de roupas e com o pouco que ganhava enchia a moça com roupas sensuais e coloridas, que fotografadas na exuberância da Zona Sul da cidade do Rio de Janeiro, somadas à beleza incontestável de Lorraine, garantiam-lhe muitas reações positivas nas suas postagens e inúmeros seguidores. Moravam em uma rua no início do morro, próximo à praia. Todos ali, entre barulhos de tiro, batidas policiais, desconfiança dos moradores do asfalto e muito desprezo das autoridades, constituíam uma forma de vida que se desenhava feliz. Quando postava fotos com Andinho, Lorraine recebia comentários como "lindos", "casal feliz", "quando será o casamento?", "a beleza de um completa a beleza do outro", "amo vocês", "terão filhos lindos". Lorraine se sentia empurrada para a felicidade com esses comentários, como se houvesse uma rede de proteção muito sólida torcendo por eles e pelo destino do que viria a ser a sua família com o, um dia, marido. Andinho, com o mesmo grupo de amigos que montou a academia improvisada, também criou um grupo de pagode, Os Temerários, o nome veio de uma aula na escola pública localizada ao pé do morro. Um dia o professor de língua portuguesa, exausto com o que chamava de "euforia incontrolável das crianças das classes populares", escreveu no quadro negro *Os Temerários* e saiu da sala. O silêncio se fez, a turma de crianças não entendeu a ação do professor e, diante do desconhecido, se assustou. Sem saber o que viria pela frente, os que tinham o aparelho, ligaram o celular para entender o significado da palavra, no mesmo momento em que o inspetor da escola apareceu na sala e pediu que ficassem em silêncio até que o diretor chegasse. Os alunos foram dispensados naquele dia e o professor Roberto não mais voltou a dar aula.

    Os Temerários faziam um tipo de sucesso alternativo e fragmentado, comum aos novos tempos, gravando vídeos em pontos turísticos do Rio de Janeiro e cantando canções autorais. A produção dos vídeos era realizada pelos integrantes. Em alguns clipes, Lorraine aparecia sambando de biquíni. Bombava, mais de cinco mil likes. Assim, no casal, a imagem de um monetizava a imagem do outro, e seguiam em seu estrelato periférico. Mas agora, o mundo de recompensas amorosas expressadas em likes estava posto à prova por aquele deslike e aquele comentário, que rapidamente descobriu pelo Google ser um trecho de um livro de Lima Barreto, que ela não lera, por sinal. Lorraine detestava ler literatura, achava chato e cansativo. Teria sido algum desavisado que nem sabia usar a internet? Alguém como a sua avó, que cisma saber usar as redes sociais provocando desastres nas relações familiares, como no dia em que xingou o pai de Lorraine, achando que estava falando apenas com a neta? Genro e sogra passaram a não mais se falar desde então. Alguma criança? Um robô? Quem poderia descurtir um vídeo tão bonito, aquele retrato de juventude, beleza e paixão?

    Quando ficava angustiada, Lorraine abria o editor de texto e teclava sucessivamente a tecla Ctrl do seu notebook, gostava de ver o círculo que aparecia se fechando na tela. Depois de muito teclar o Ctrl e de ver inúmeras vezes o círculo que surgia e se fechava. A mão direita da moça travou no ar, ela congelou em um pensamento, "e se foi alguma piranha que está andando com Andinho?" Travada neste pensamento, a jovem experimentou sensações até então novas na sua existência. Sentiu o pensamento acelerar, uma sucessão de imagens, como se escaneasse em alta velocidade todo o passado com o namorado, a forma como as garotas se jogavam para ele, os risos, os toques, e ela, a idiota, a tontona do rolê, achando que fazia parte do mundo artístico. Ela, a trouxa, fazendo a que não sentia ciúmes.

Nas imagens que se sucediam no pensamento de Lorraine, surgiu a de Cecília sorrindo para Andinho, Cecília com seu cabelo cacheado cor de cobre, Cecília que fingia não ser negra evitando pegar sol, que fingia não saber sambar, que fingia gostar de ler, sempre andando com um livro para cima e para baixo, Cecília a fingida. O corpo de Lorraine deu uma leve estremecida, a mão direita pendeu sobre o teclado, a cabeça voltou-se para a frente, percebeu-se respirando e com uma concentração de ódio e uma espécie de prazer, um prazer quase sexual que fantasiar o deslike vindo de Cecília e o caso que ela tinha com Andinho a fazia experimentar.

Na impossibilidade de ter comprovações de que Cecília era a autora do deslike, Lorraine agiu a partir de algo que julgava mais forte que provas materiais, a sua intuição.

Cecília tinha um canal em que comentava os livros que lia. Lorraine achava que Cecília fingia que lia os livros para parecer ser uma mulher culta. A Literária era o nome do canal. A musa do grupo Os Temerários tascou um comentário no último vídeo postado, um vídeo sobre um livro chamado *Clara dos Anjos*, "Eu sei que foi você!" Pelo WhatsApp, enviou para o namorado, "Nunca pensei, queixo caído." No final da mensagem vários emoticons de choro.

O que Lorraine não sabia é que Andinho, querendo melhorar a qualidade das letras dos pagodes que vinha compondo para o grupo, pediu no dia anterior uma ajuda para a literária da rua. Ele havia marcado com Cecília um encontro em que mostraria suas composições, e coincidentemente estava ao lado dela quando recebeu a mensagem. Andinho foi tomado por uma grande satisfação, embora não soubesse a razão do cair do queixo da namorada, imaginava que, enfim, ela demonstrava algum traço de ciúmes por ele, o peito torneado se estufou um pouquinho mais e empostou um pouco mais a voz para perguntar a Cecília se seus versos eram bons. No alto do seu mundo de muitas leituras de clássicos da literatura, Cecília disse "Não chega aos pés do Vinícius, do Pessoa ou mesmo de um Patativa do Assaré. Se eu tentar enquadrar como uma poesia popular, o Cartola, um letrista, encontrou caminhos poéticos mais expressivos para demostrar amor, dor e paixão!" Lorraine usava o falso óculos de grau para gravar os seus vídeos e era com eles que performava a sábia para o Andinho que ia murchando em sua frente. "Rimar amor com dor, Andinho!? Só faltava ter posto uma flor para complementar!" As falas irônicas de Lorraine eram completadas com uma gargalhada em que jogava a cabeça para trás em um gesto ensaiado de superioridade. O constrangimento de Andinho fazia lágrimas inesperadas escorrerem dos seus olhos. Cecília seguia em seus comentários enquanto ia passando os papéis com as letras das músicas. "Aqui, por exemplo, você usa nuvem e algodão, é uma imagem até mesmo pueril, desculpa, mas não consigo não rir, um recurso lúdico batido para falar de uma paixão adulta, só faltava dizer algodão-doce, até porque açúcar é que não falta nestes ... nestes." Cecília gargalhava mais e mais. Andinho queria fugir, mas não sabia fazer isso. De cabeça baixa lembrava o professor Norberto, *Os Temerários* escrito no quadro, e a fuga, fuga deles, fuga do jeito que eles tinham quando eram crianças, fuga do contato com a pobreza e a ignorância. A voz de Cecília foi ficando ao longe, enquanto Andinho lembrou a namorada e lhe enviou uma mensagem, "Te amo, minha preta, deixa disso."

Em casa, Lorraine não leu a mensagem, tinha se afastado do celular, depois de muito pesquisar e não conseguir encontrar uma forma de comprovar que aquele deslike tinha vindo de Cecília. Algo dentro dela havia se desligado, foi lentamente até o espelho, as pernas estavam sem firmeza, como se os músculos tivessem se tornado instantaneamente flácidos e não sustentassem mais o corpo. Olhou-se e não se achou mais tão bonita, se achou vulgar com a roupa que estava vestindo, e as cores estampadas no justo vestido a sufocavam. Pensou em apagar todas as suas postagens, mas se mover era difícil, toda a sua energia estava dedicada ao seu pensamento, que se perguntava insistentemente como alguém poderia não gostar dela.

Na casa de Cecília, Andinho começou a fabular que a afetação da Literária vinha pelo fato de ela o desejar, era uma organização mental que lhe trazia, naquele momento, certo conforto. De fato, conforme foi olhando com desejo para a vizinha, a voz inicialmente afetada e agressiva foi ficando mais baixa, as gargalhadas cessaram e de uma nova Cecília surgiu uma proposta, "Eu posso te ajudar, mas acho que devemos ir falar com a Lorraine, ela é muito esquentada e eu não quero problemas."

No verão, o Rio de Janeiro presenteava os seus moradores com temperaturas altíssimas, a cidade se enchia de turistas e os empreendimentos comerciais do morro recebiam muitas visitas de estrangeiros, as ruas ganhavam outro colorido e muito do que era a dinâmica dos que ali moram se ocultava na paisagem ensolarada de festas, mar e outros prazeres. Era o período em que Os Temerários recebiam mais dinheiro e convites pelos shows que realizavam em bares da orla carioca. A casa de Cecília ficava no final da rua, antes da primeira curva de acesso ao morro, a de Lorraine bem no início, quase no asfalto. Andinho e Cecília desceram a rua conversando, amistosos.

Dentro de casa, Lorraine se moveu até a janela, estava sem ar, confusa, a mãe não aparecia, devia estar ainda no trabalho, não conseguia lembrar o telefone da mãe, nem mesmo lembrar que poderia fazer uso do celular para ver o número, um pânico tomou conta e com o coração acelerado, caminhou com dificuldade até a janela para pedir socorro ou, ao menos, ver o mundo acontecendo, a movimentação da rua e não se sentir sozinha no que lhe parecia ser o pior dia da vida que escolhera como influencer..

Ao chegar próximo à janela, viu a quantidade de pessoas que passavam animadas para a praia, para o trabalho, turistas subindo o morro de mototáxi, moradores agindo como sempre em um sábado de verão, o céu de um azul tão bonito quanto perturbador, e entre tantos passantes, Lorraine viu, descendo a rua, conversando e sorrindo, Andinho e Cecília. Andinho de bermuda, sem camisa, cordões, bronzeado, peito estufado. Cecília, vestido floral, sandálias, cabelo cor de cobre, segurando dois livros. Desciam a rua, apenas, mas ao olhar de Lorraine, Cecília parecia flutuar de tão feliz.

Ao ver a cena, a mão direita de Lorraine pressionou com tal força a janela que começou a sangrar. A musa de Os Temerários não se movia, a íris dos olhos parecia ter querido ir buscar o céu. "Como Andinho pode fazer isso comigo?"

Lorraine ficou ali, parada, presa à madeira até a chegada da ambulância. 'Como alguém pode não gostar de mim?', continuava pensando.

Os bombeiros, com a ajuda da mãe de Lorraine, de Cecília, que não controlava o riso, e de Andinho, muito assustado ao ver a namorada naquele estado, conseguiram removê-la e levá-la para um hospital psiquiátrico, de onde ela nunca mais saiu.

PARTE II

Água turva

A ida até a casa pareceu demorada para uma, Nádia, e para a outra, Tânia, pareceu que o tempo não passou. Tânia estava animada. Depois de meses de buscas em classificados de imóveis, tinha encontrado a casa com que tanto sonhou. Foram anos juntando dinheiro, privando-se dos desejos mais imediatos para dar esse salto na vida, mudar de bairro, sair da periferia, viver pelas ruas que, quando criança, via apenas em telenovelas e anúncios publicitários. Tânia vibrava e, no caminho, já foi contando sobre os cômodos amplos, o piso de madeira, a cozinha que parecia com as de programa televisivo de culinária. Nádia se atentava um pouco e se distraía, o pensamento não encontrava âncora. Desceram do carro e a corretora já estava a postos no portão com um sorriso metálico de corretora de imóveis. Nádia reparou que a moça, que em seguida se apresentaria como Dília, combinava a cor dos sapatos com o lenço que amarrava no pescoço, onde se podia ler impresso Leda & Lena Imobiliária.

"Dília! Prazer!" Abraçou Tânia primeiro, tentou fazer o mesmo com Nádia, que não correspondeu, o que gerou um constrangimento, logo quebrado pela fala de Tânia.

"Eu gostei tanto de tudo que eu vi, que resolvi chamar a Nádia para vir ver." Do portão, Nádia olhava para o jardim, estranhava tantas rosas naquele período do ano. "É sempre bom ter um outro olhar e você sabe, se meu Mô não gostar, perde o sentido para mim."

"Maravilha! Mágico! Nós da Leda & Lena queremos deixar nossas clientes sempre muito felizes e satisfeitas. Nada como uma casa nova para coroar o amor de um casal."

"Não somos um casal", disse Nádia, em um sussurro quase distraído. Dília ignorou o comentário.

"Bom! Vamos entrar! Você vai amar o banheiro! Acredita que tem banheira?! São poucas as casas com banheira neste bairro! Vocês são sortudas, minhas filhas!" Dília falava sem parar enquanto ia conduzindo as duas pela casa, e agora buscava com a sua animação imbatível a aprovação de Nádia, que, como uma esfinge, nada expressava com nitidez. Nádia trazia uma expressão que aos olhos da corretora, em alguns breves momentos, parecia com desânimo, tristeza, talvez depressão...

"Vem, querida! Vem ver o segundo quarto que dá para o quintal. Tem um jardim tão bonito quanto o que você viu na entrada. Vem!" Conduzia com euforia Nádia pelo braço.

Absorta na sua alegria, Tânia não conseguia ver nada além da realização do seu sonho, anos levando horas para chegar até a universidade, a deprimente viagem de trem, o olhar resignado dos que saíam do seu bairro às 5 da madrugada para atender aos luxos da outra banda da cidade, os desaforos dos professores; lembrava ainda como uma ferida aberta do dia em que uma aluna da sua turma disse que ela jamais se formaria. Depois, anos trabalhando como médica, e agora, quando completara 30 anos, se dava de presente a casa dos seus sonhos, no bairro dos sonhos. Chegara lá! No topo! Tão imersa em si estava que não reparou em Nádia, prostrada na sua frente, com um sorriso enigmático no rosto. Dília observava, discreta, ao longe.

"Linda a sua casa! Gostei de tudo!"

"Nossa, meu amor, nossa! Vamos almoçar? Estou morta de fome. Acabamos levando muito tempo aqui."

Se despediram da corretora e foram ao restaurante. Era um bistrozinho que ficava bem próximo à praia, a ressaca no mar fizera as ondas chegarem até a rua. Os passantes observavam com medo e admiração. Percebendo que Nádia estava arrepiada de frio, Tânia ofereceu um casaco que trazia no carro. Depois a abraçou e assim foram caminhando. Nádia parecia mais leve, como se o nó da angústia tivesse se dissolvido na sua garganta. O vento frio tocando no seu rosto e a sensação que o casaco lhe trazia eram de aconchego. No restaurante, o garçom se dirigiu para Tânia, "O que as moças vão querer?" Nádia olhava para o cardápio, sabia o que viria em seguida.

"Vai querer o quê, meu amor?" Tânia tocou, carinhosa, na mão da amada.

"Estou sem fome. Pede você algo. Por enquanto quero apenas água mesmo."

"Tudo bem!", disse Tânia, sorrindo. Pediu risoto de tomate. "Vou ao banheiro, já volto."

Quando Tânia se levantou, o corpo de Nádia teve um relaxamento inesperado, os ombros caíram, a respiração acelerou como se buscasse um ar, um ar que não havia mais ao lado daquela que a chamava de amor com tanta energia.

O tempo passava e Tânia não saía do banheiro. O garçom voltou com umas entradinhas e parecia outro, não mais subserviente e simpático, e sim debochado e hostil.

"A senhora decidiu o que vai comer?" O olhar do garçom,

Nádia já conhecia, ela havia desenvolvido uma técnica de tradução para o que era dito por pessoas como ele naquelas situações, "A senhora decidiu o que vai comer?", ela sabia que significava "Este lugar não é pra você!"

O garçom foi atender clientes de outra mesa e Nádia explodiu em prantos. Tânia não voltava do banheiro, "Deve estar no celular." A vida não vinha sendo muito companheira com a doméstica. Tantos sonhos esvaídos. Da menina que amava estudar a essa moça maltratada pelo tempo. O corpo já não trazia o viço da juventude, a pele pouco lembrava aquela moça que venceu o concurso de Rainha Núbia da escola de samba, o rebolado perdeu, talvez pelo cansaço. Trabalhava em duas casas, cuidava do pai doente e de uma sobrinha adolescente, com esforço ainda cursava alguns créditos de uma graduação em enfermagem que nunca conseguia concluir. Os problemas se acumulavam, Nádia se via como uma visitante no mundo dourado de Tânia, sabia das lutas da amada, mas sabia também que a outra tinha um passaporte para a vida que ela nunca teve, pois algo em si funcionava como uma antissenha que a bloqueava de todos os bons acessos. Onde uma passava, a outra emperrava. O choro foi longo e aberto. Chegou a ver o risinho do garçom que a observava.

Tânia voltou animada, no mesmo momento em que o garçom, indiferente ao choro de Nádia, servia o risoto.

"O que houve meu amor? Aconteceu alguma coisa? Me senti um pouco mal no banheiro", disse, constrangida.

"Nada." Nádia tremia, enxugando as lágrimas. "Sua comida vai esfriar. Desculpe, Tânia, tenho que ir embora, estou muito cansada. Podemos pedir para levar?"

"Sim, claro, meu amor. Não te contei, mas a Dília deixou a

chave comigo, na verdade era uma surpresa que eu fiz para você, eu já estou com tudo acertado, nossa ca..."

"Para! Para de dizer nossa casa!" Nádia bateu com os punhos na mesa. Os clientes que já a olhavam com estranheza, passaram a olhar com medo. Uma mulher, em uma mesa próxima, segurou firme a bolsa que tinha deixado na cadeira ao lado, o garçom congelou com uma colher de inox nas mãos. "Não é nossa casa! É a sua casa! Eu não tenho nada! Vamos embora daqui." Nádia saiu chorando do bistrô, enquanto Tânia acertava o pagamento da conta.

Ao sair, perceberam que estava chovendo, passaram tão pouco tempo no restaurante. A cidade parecia outra. Tânia foi se dando conta que o seu amor estava em uma sintonia diferente nos últimos dias, ou semanas, ou anos e ela que não reparara. A vida estava tão boa, "Por que logo agora Nádia achava de dar defeito?" Mesmo a contragosto da outra, foram para a casa vazia, os jardins estavam iluminados, uma beleza contrastante com a casa simples na comunidade em que Nádia vivia com o pai e a sobrinha.

Na sala, uma cama imensa, arrumada com flores. "Isso deve ter sido coisa daquela Dília." Sobre a cama uma foto, as duas, dez anos antes, terminando o Ensino Médio, abraçadas. Se amaram desde o primeiro momento em que se viram, foram vivendo naturalmente, principalmente Tânia, que conseguiu estudar o que as duas sonharam juntas, seriam médicas. Mas, enquanto a vida de uma florescia, a da outra murchava, e nesse descompasso chegaram até aquela casa, que Tânia sonhara para as duas. Tânia nas nuvens, Nádia no chão dos que fracassam.

Quando Tânia se aproximou para um beijo, com duas taças nas mãos, Nádia pediu para conversar.

"Você reparou como o garçom me olhou hoje?"

"Meu amor, já vem você com suas neuroses. Relaxa, vamos ser felizes, tá dando tudo tão certo. Já falei para você largar esses empregos. Vamos ser felizes, só isso que eu te peço. Eu te amo exatamente como você é, isso não é o bastante?"

Nádia olhava cada vez mais séria no centro dos olhos azuis de Tânia, e parecia buscar lá dentro dos olhos um outro centro, a força transparente da alma, e de lá trazer a amada para um território de verdades.

"Você reparou, Tânia?!" Insistiu Nádia. Tânia abaixou a cabeça. "Responde, caralho!!! Você reparou?!!!" Nádia voltou a chorar. "Eu te amo muito, mulher. Você, você sempre foi para mim o meu sol, todas as vezes que eu tropecei, era por sua luz que eu me guiava. Mas eu vivo em um mundo paralelo que você não quer enxergar, um mundo dentro do seu mundo." Tânia ficava cada vez mais confusa, chegou a pensar no champanhe que devia estar esquentando no balde, devia ter pedido para a Dília colocar no isopor "Paralelo!", gritou Nádia, com o corpo tremendo. "Todas as vezes que caminhamos nas ruas, que vamos aos restaurantes que você gosta, é a mim que olham como se eu fosse sua empregada doméstica."

"Eu nunca te vi assim." Tânia estava cabisbaixa e derrotada. "Não seria você que acha isso? Meu amor, vamos viver... Tudo está dando certo."

Nádia pegou o celular de Tânia e esfregou no rosto da amada.

"Olha pra isso aqui!!! Tânia permanecia em silêncio. "Olha!!! Dois meses atrás eu li o seu celular, eu detestei fazer isso, mas eu precisava, eu li, mulher, eu li a piada que a sua amiga médica fez ao meu respeito." Tânia levantou a cabeça. "Você riu, mulher, ver que você riu me destruiu por dentro." A última frase dita por Nádia saiu de uma forma tão doída, por alguma fresta de algum lugar mais sensível do seu íntimo, que até mesmo ela se surpreendeu com o tom, a fragilidade na voz, o sufocamento da alma. O rosto branco de Tânia se enrubesceu, embora ela estivesse achando tudo aquilo dramático demais.

As duas taças vazias que estavam na mão de Tânia penderam até cair sobre a cama macia, sem fazer barulho. Embora quisesse dizer alguma palavra que a tirasse daquela situação, estava confusa, ela amava tanto. Não conseguia falar, se mover, enquanto observava o vento que levava Nádia e os grãos de areia do seu castelo desfeito.

O amor é um caos

Marcílio morava sozinho em um apartamento na Zona Sul do Rio de Janeiro. Era um apartamento amplo com janelas grandes que possibilitavam que ele visse o nascer do sol modificando a paisagem do Aterro do Flamengo. Havia trinta anos, tinha revolucionado o mercado editorial ao realizar edições literárias em objetos inusitados, como móveis, canecas, vestidos, sapatos, brinquedos, caixa de remédios, caixa de bombons, embalagens de cigarro e rótulos de cerveja... A editora que inaugurara se chamava Motrix e se tornou uma das maiores do país, fazendo de Marcílio uma figura respeitada por seu sucesso financeiro e intelectual. Todos os autores queriam editar com ele e ver os seus textos circularem em livros e outros objetos populares de consumo. O assédio era imenso, o que tanto o envaidecia, quanto o enervava. Com o lucro dessas edições inusitadas, Marcílio investia no biscoito fino da literatura nacional, em livros de edições de luxo, que ele conseguia vender por preços acessíveis. Ele chamava esse processo de equilíbrio estético e ético da Motrix.

Após vinte e cinco anos, a paixão pelo setor editorial havia embotado um pouco. O editor quase não aparecia mais no escritório da Motrix e o que ainda gostava de fazer era passar as manhãs em seu apartamento lendo originais. Alguns descartava nas primeiras frases,

A maré enchia quase sem vento..., outros, que considerava medianos, passava para os seus editores assistentes. Pouquíssimos lhe prendiam a atenção. Mas, quando isso ocorria, lia até o final, reavivado. Todo o material chegava impresso, ele se negava a ler em suportes digitais, dizia que a literatura perdia a materialidade, organicidade, que literatura precisava de corpo. Caixas e mais caixas com originais se acumulavam na sala do apartamento do Flamengo, e, como não recebia visitas, não se incomodava com a bagunça. Às tardes, com uma máquina, gostava de picotar alguns originais, iriam para o lixo, isso lhe dava uma sensação de equilíbrio, de limpeza mental.

Em uma manhã dessas de agosto chuvoso no Rio de Janeiro, Marcílio acordou se sentindo mais cansado do que de costume. Embora bem-sucedido, uma solidão morna lhe incomodava a alma e o estômago. Correra tanto e não sabia ao certo como tinha chegado naquela situação, com sessenta e oito anos, sem conseguir nem mesmo refazer na memória a própria trajetória em cenas significantes. Sentia-se sem as balizas que poderiam desenhar a estrada do seu passado, tudo lhe parecia deserto, os únicos vínculos afetivos mantidos lhe pareciam frágeis: o gerente administrativo e os editores da Motrix, a senhora que limpava o seu apartamento, o rapaz que entregava as caixas com os originais impressos e um motorista particular. Da família, havia se desvencilhado; dos antigos amigos, fugia.

O editor acordou mais entediado do que de costume. Ele se sentou no sofá e, olhando com desânimo para a sua principal distração, a caixa de papelão com os originais, pensou na falta de novidade que encontraria, a mesmice de sempre: os textos pretensamente provocativos, os relatos, as militâncias identitárias, as falsas modernidades linguísticas e de estilo, os projetos de autoajuda e religiosos, os versos superficiais de autores que se julgavam poetas. Tudo que para ele sufocava a literatura. Mesmo assim, naquele momento, não encontrava forças para fazer outra coisa que não o de sempre, o ritual que ele repetia havia alguns anos. Esticou o braço até a caixa e pegou a esmo um original, o título era *O amor é um caos*, o autor, Fernando Carrão.

Marcílio gargalhou, o que não acontecia por muitos anos, considerou o título ridículo, o que o animou a ler e, quem sabe, renovar o fôlego. *Já era tarde quando juntei os cacos da minha vida e retornei ao centro dos meus sentimentos...* Marcílio achou horrível já nas primeiras linhas, imagens comuns e de formulação precária, uma emotividade kitsch e uma ausência total de inventividade. Mas, o inesperado aconteceu, algo o prendeu ao texto. *Enquanto caminhava solitário pelas ruas do Centro, o que mais queria é que algum jovem percebesse nas linhas cavadas do meu rosto as marcas da minha solidão...* Como aquilo era ruim! "Será que esse rapaz passou por alguma dessas oficinas de escrita criativa?", pensou Marcílio, enquanto gargalhava até se engasgar.

Com o texto nas mãos, o editor foi até a cozinha preparar um café. Passou a manhã lendo *O amor é um caos* e, no início da tarde, ao terminar o romance ... *as pedras das ruas do centro da Cidade iam se transformando em fardos desassossegados, como os que Ricardo levaria para sempre em seu peito envelhecido,* Marcílio foi tomado por um tremor, a temperatura do corpo se elevou e os olhos marejaram. Sentindo um pouco de falta de ar, foi até o banheiro, lavou o rosto e se observou no espelho para avaliar se estava bem.

Voltou até a sala. Buscou no original impresso o contato do autor. Ligou para Fernando Carrão e agendou um café para o dia seguinte, no fim da tarde.

Fernando usava roupas que atestavam sua origem social, era alto, esguio e com um desenho do arco das sobrancelhas que lhe dava um aspecto de circunspecção. Estava na sala de uma figura emblemática no meio literário, sentado de frente para ele. Marcílio notou que as pernas de Fernando estavam exageradamente abertas. Fernando agia como se estivesse em um bar de subúrbio conversando com os amigos, falava com segurança sobre o romance *O amor é um caos*, citou referências, da música popular aos clássicos da literatura, disse que se considerava uma voz única na literatura e que já sabia o quanto Marcílio iria gostar da sua escrita. Fernando intrigava Marcílio, uma arrogância não coerente com o lugar e vida pobre que imaginava ainda serem o ambiente daquele jovem. O editor sorria ironicamente, em pensamento, diante da nova sensação da literatura brasileira. Sorriu mais um pouco e pensou em até mesmo falar sobre isso com o jovem na sua frente, mas um frisson dentro dele o instigava a acentuar mais ainda a fantasia de Fernando Carrão.

"Eu criei esse personagem, o Ricardo, como a expressão da velhice no homem gay contemporâneo", disse Fernando, gesticulando de forma exagerada.

"Você é gay?", perguntou, sarcástico, o editor.

"Não." Fernando se desconcertou um pouco, assumindo uma postura menos segura, o que durou apenas uns segundos, logo voltou recuperado para o ringue.

"Eu não creio que identidades de gênero limitem minha capacidade criativa de elaborar personagens que estejam além das minhas experiências como indivíduo."

Marcílio olhou para Fernando dos pés até o rosto, com um olhar irônico, não esperava que o autor daquela pedra bruta de inocência fosse tão pretensioso. Ele detestava quando começava a ler a obra através da personalidade do autor, o que fez transparecer nele um olhar desapontado para o jovem de roupas baratas e velhas.

Constrangido, sentindo-se despido, Fernando foi até a janela.

"Você mora sozinho neste apê? A solidão não lhe dói?"

"A minha coluna dói mais, a diferença é que para ela existe remédio", disse Marcílio, enquanto mastigava um biscoito amanteigado.

"Eu não sei se eu conseguiria chegar a sua idade e viver assim, sozinho em um apê tão grande", disse, fingindo estar distraído enquanto observava a chuva molhando as árvores daquela rua do Flamengo.

"Sempre existem opções. Eu, mesmo podendo ter todo conforto, poderia morar em um conjugado, assim como poderia ter arrancado de mim a possibilidade de estar vivo. Acho que, diante dessas escolhas, você consegue, sim, viver em um apartamento confortável, com uma vista fabulosa, apesar de viver sozinho", respondeu irritado, o editor, sem saber como terminar aquela conversa e pedir para o autor ir embora.

Por sua vez, Fernando não pensava em ir embora, apesar da aspereza de Marcílio. O autor intuía que era a grande oportunidade dele, não abriria mão tão fácil. Para buscar uma reconexão com o interesse do editor, aproximou-se da estante de livros que ocupava três paredes da sala. Os funcionários da Motrix, a faxineira e os raros amigos sabiam que o editor detestava que mexessem em seus livros e mais ainda que fizessem perguntas sobre eles. Marcílio, diante do perigo de ter que responder que não lera todos os livros que ali estavam, ou ter que ouvir uma opinião que não pedira sobre algum título que repousava em sua biblioteca pessoal, resolveu, um pouco afoito, convidar o jovem para uma caminhada até a praia.

"Mas está chovendo, o senhor não vai adoecer?"

"A próxima vez que você me chamar de senhor será a última", Marcílio vestia uma capa de chuva xadrez. Os dois riram.

"É bom que no caminho o senhor pode ir me contando mais coisas sobre o que achou do meu romance, eu confesso que, ao escrever o Ricardo, fiquei melancólico, toda aquela fragilidade dele diante da vida, a velhice ...." O jovem autor não parava de falar e Marcílio fingia prestar atenção, mas era como se a voz de Fernando tivesse virado um som uniforme, que não comunicava ideias, só um sentimento desesperado por ser aceito.

Eles caminharam até a praia, sentaram-se no banco de cimento e finalmente Fernando Carrão se aquietou. Uma chuva fininha, eles lado a lado no calçadão olhando o mar. Se encostasse na lateral do jovem autor, Marcílio presumia que poderia sentir o pulsar do seu coração repercutindo por todo o corpo. Mas não quis ousar, apenas tocou-o no braço.

"Eu vou editar o seu livro!"

O coração do autor batia disparado.

"Estou começando a sentir frio. O senhor se incomoda se voltarmos?"

***

As semanas seguintes foram de grande intimidade para os dois. A proposta de Marcílio, totalmente incomum para ele, foi de ter vários encontros com o autor, até o livro chegar em sua forma mais lapidada. Eles almoçavam e jantavam juntos, encontravam-se três vezes por semana no apartamento do Flamengo.

"Não escreva com o coração é com a cabeça, é com a cabeça,

seu livro não está aqui." Apontava para o peito. "Está aqui!" Apontava dramaticamente para a cabeça. Ao que Fernando respondia:

"Por isso a literatura está um lixo, acabou o espírito!" Fernando, já muito cansado daqueles encontros, via sua autoestima como autor perder as forças. Marcílio continuava:

"O que você chama de espírito é o conjunto de memórias guardadas no seu cérebro e a sua capacidade de reinventá-las, apenas isso!"

Em alguns encontros, Marcílio se sentia esgotado, os debates eram longos, e no final de horas lhe ficava transparente que Fernando escudava suas limitações intelectuais e culturais com agressividade. Então, para se divertir um pouco, nesses encontros, Marcílio passou a pedir que Fernando Carrão preparasse o café, o que o jovem fazia de forma desajeitada, sem entender as medidas. Depois, esses pedidos foram se ampliando para pequenas ordens, sempre ditas de maneira distraídas: "abra as janelas", "vá na rua comprar uns biscoitos", "limpe esta mesa", "vá ao banco e pague essas contas...".

Fernando não se importava, percebia o jogo perverso do editor, mas entendia que estava recebendo grandes lições para o grande escritor que seria um dia. Estava no lucro.

Uma dessas tardes, em que os dois, entre cafés e biscoitos, passaram debatendo *O amor é um caos*, editor e autor se ativeram em um trecho do romance, em que Ricardo, o protagonista, após circular pela Cinelândia em busca de sexo, tomou uma atitude que Marcílio julgou mal desenvolvida e incoerente para uma história que se apresentava como realista. *Então, o velho de sessenta e oito anos caminhou até um policial que estava na viela deserta, agachou-se e lhe entregou sua caverna úmida e desesperada. Assim, alimentou sua fome de desejo.'*

"Este trecho é um lixo! Inverossímil! Fome de desejo?! Vamos cortar tudo isso." Com a caneta vermelha, o editor riscou a frase no papel, parou por uns instantes e começou a riscar toda a página, e depois a anterior.

"O que você está fazendo?!", Desesperou-se Fernando Carrão.

"Comunicando a você que o seu trabalho é um lixo!" Marcílio berrava e continuava riscando de vermelho o texto das outras páginas. "Um lixo do início ao fim!"

Ao ver o texto sendo riscado na sua frente, era como se o próprio corpo do autor recebesse o atrito com a caneta.

"Você não pode fazer isso!" O desespero de Carrão aumentava, começou a esmurrar a mesa.

"Você não pode fazer isso, seu velho escroto! Sua bicha velha!"

Marcílio pegou o bloco de papéis impressos com o romance e atirou sobre Fernando.

"Lixo!"

O escritor emitiu um grunhido, levantou-se, empurrou o velho no chão e depois estancou um movimento com a perna que desenhava um chute.

"Me bater não vai fazer de você um escritor", disse Marcílio, encolhido no chão.

Carrão se pôs a chorar como uma criança.

"Você não pode fazer isso comigo! Eu não mereço isso."

Vendo que Carrão se desmontava na sua frente, Marcílio tomou novo fôlego e se levantou.

"Você não entende nada da vida, não tem densidade. Como você ousa escrever um personagem como o Ricardo? Você não sabe nada, é um moleque, um pobre que se esconde em uma armadura frágil de arrogância! O que você sabe da vida, moleque?! Responde, Fernando!" O autor, perdendo mais ainda as forças, foi se agachando enquanto chorava. "Escuta. Desde o início, já no título, eu percebi que este amontoado de folhas que você encaminhou para a editora era medíocre, mas eu quis conhecer quem tinha escrito uma obra tão... naif, que pessoa tão détraqué conseguiria tal feito."

Fernando Carrão murmurava. "Chega, para, por que você está fazendo isso comigo?"

O editor foi até a cozinha e trouxe um copo com água para o escritor. Ficaram em silêncio um tempo e, sem que acordassem nada, Fernando Carrão foi embora. Na semana seguinte, o jovem escritor voltou até o apartamento de Marcílio e recomeçaram a trabalhar o texto.

Marcílio se sentia atraído, preso a um compromisso que inventara, que de início pareceu-lhe prazeroso, mas que se tornou um risco para a vida calma e segura a qual se habituara por anos. Desejo e medo. Já Carrão, tinha consciência que as tardes ao lado do editor eram os momentos mais importantes da sua vida. As discussões acaloradas cessaram e em poucas semanas o editor deu o trabalho como encerrado. Informou a Carrão que o livro partiria para a produção, não tinham mais por que se verem, restava-lhes apenas aguardar o dia do lançamento.

Sem Fernando, Marcílio retornou a sua rotina de leituras matinais. A primavera se iniciou e com ela as manhãs mais belas da sua janela, convidando-o para ver a vista do Aterro do Flamengo, o morro Pão de Açúcar destacado pelo sol. Na memória do editor,

Fernando tinha sido como uma erupção, um objeto estranho rompendo a pele da vida, mas que tinha seu lugar no estranho que se apresenta de quando em quando. Estava apaziguado com o retorno da sua rotina, quando recebeu a inesperada visita de Carrão.

"Não quero mais lançar o livro, tudo que você disse naquela tarde não sai da minha cabeça, não quero passar essa vergonha, eu sou uma farsa..."

"Todos somos." Marcílio estava totalmente desinteressado pelo drama do autor.

"Você não entende, Marcílio. Eu não quero, só agora entendi que não posso dar este passo. Você é meu amigo, precisa entender."

"Não sou seu amigo, sou seu editor. Você assinou um contrato. Que palhaçada é essa? Agora vá para casa ou para onde você quiser, apenas saia da minha frente." O editor caminhou para o interior do apartamento. Carrão já sabia que essa era a deixa para ele ir embora e bater a porta, pois do quarto Marcílio só sairia no dia seguinte.

***

A livraria estava cheia, a editora tinha feito um grande investimento de marketing para o livro *O amor é um caos* e vendido o nome de Fernando Carrão como a nova sensação da prosa contemporânea brasileira, como o novo do novo, vendendo que o romance trazia "uma inédita representação homoafetiva para o romance nacional com uma sinceridade corajosa e inovadora". A ilustração da capa era de um jovem e incensado artista plástico, morador de um dos morros cariocas. Escolha de Fernando, "intensificava a ideia de geração". O autor estava pleno, sua hora, enfim, chegara, a hora da estrela.

Fernando bebeu sete doses de cachaça no boteco próximo ao evento e apareceu na livraria às 20 horas, de acordo com o horário informado no convite. Optou por um visual forçadamente desleixado, para transparecer que aquele momento não o estava deixando com o corpo gelado e sem firmeza ao pisar no chão. Combinava com a imagem que a editora vendeu dele. "A grande voz da literatura vinha da favela", foi o que alardearam as matérias dos cadernos culturais. Se Fernando permitisse se olhar no espelho, veria o seu eu adolescente, maravilhado com o escritor incensado em que estava se transformando graças aos investimentos de Marcílio, o maior editor do país.

Livraria lotada, jornalistas, celebridades, escritores, amigos, familiares. Logo ao entrar, Fernando percebeu a tensão no ar. Um funcionário lhe explicou que, na semana anterior, Marcílio solicitou a tiragem completa de *O amor é um caos* antes que distribuíssem para a livraria. Assim fizeram. Como o editor, no passado, foi dado a excentricidades, já tinha feito outras grandes entradas em lançamentos, chegando com caixas de livros enfeitadas em embalagens criativas, ele logo deveria chegar, causando alguma surpresa. O que angustiava era que, dessa vez, embora estivessem tentando contato com Marcílio, ele não respondia.

O tempo passando, o funcionário explicou que dois editores assistentes foram até o apartamento do Flamengo, estavam naquele momento batendo na porta e nada do editor atender. Apenas o barulho de uma máquina.

Fernando Carrão, que já estava se sentindo sem chão, afundava em um buraco frio e escuro, não conseguia mais enxergar nada, estava vivenciando sua pior fantasia de terror, um escritor sem livro, uma farsa, um golpe de marketing, essas e outras expressões visitavam o seu pensamento. Marcílio combinou que ele só veria o exemplar impresso no lançamento, "para dar sorte".

Enquanto Fernando Carrão evitava os familiares e jornalistas, por não saber como explicar a situação, ainda pensou, "Será que o velho morreu?!"

Do quarto, no apartamento do Flamengo, Marcílio, nu, compenetradamente, fazia uso da máquina de picotar papéis e destruía um a um os exemplares de *O amor é um caos*.

Cupim

Juarez tinha uma oficina de marcenaria nos fundos da casa em que morava. O marceneiro aprendeu o ofício com o pai e tentava ensiná-lo ao filho, Caio. O garoto nunca se interessou muito, era mais ligado em games e, ultimamente, na namorada, Amanda. A oficina ficava nos fundos do quintal, em um espaço que um dia fora garagem e ali, sem muita estrutura, Juarez produzia móveis rústicos feitos em peroba rosa, cruzetas de madeira, pinho de riga, perobinha do campo e braúna. Caio não tinha muito conhecimento sobre os tipos de madeira e os processos da marcenaria, mesmo observando o trabalho do pai desde muito novo. Nesse ofício, o que atraía Caio eram as serras. A oficina tinha algumas delas. Um dos dias mais especiais na lida dos dois na oficina foi quando Juarez ensinou para o filho como usar a serra circular, que ficava em uma bancada. O garoto vibrou muito com aquele momento, o barulho da serra, do atrito com a madeira, a nuvem de pó. Aquele dia foi como um rito de passagem, agora o pai confiava nele, e isso o alegrava.

Uma preocupação do Juarez era com a educação do filho, então apenas solicitava o apoio na oficina quando sabia que as notas de Caio estavam positivas na escola. Além do ensino formal, treinava o filho para a arte, em aulas de violão e canto; para a saúde do corpo e a defesa pessoal, com aulas de judô e capoeira; para uma vida no mundo, com aulas de inglês, francês e espanhol. O pai não controlava os gastos quando o assunto era preparar Caio para as disputas da vida. Os dois não sabiam ao certo quando a vida foi se acomodando naquela casa, mas o fato é que tentavam ser felizes. Caio cresceu com bastante liberdade e muitos cuidados, tornou-se um jovem alto, com um sorriso lindo e um aspecto saudável explícito. Estudava em uma ótima escola de Ensino Médio. Os cabelos deixara crescer, e os cachos crespos davam a ele um charme maior, quando lhe dava na telha, prendia-os com um arco de conchas.

Nos últimos dias Juarez vinha precisando bastante do filho, pois recebeu um pedido grande que entregaria pessoalmente naquele fim de semana. Os dois trabalharam pesado. Na sexta-feira, antes das doze horas, encheram a caminhonete, e o pai seguiu para a entrega.

Caio chamou Amanda para ir à sua casa, os dois se amaram com a animação dos jovens e depois seguiram para uma lanchonete, ele pensava em comprar um presente para a namorada. Caminhavam de mãos dadas, rindo, cantando baixinho um dos R&B que conheceram juntos. Era uma canção que dizia *às vezes eu me pergunto onde eu estaria, se você não tivesse descoberto o que eu fiz, dentro de mim*. Estavam distraídos, na bolha de afeto que os envolvia, quando Caio se sentiu puxado. Ao olhar para trás, viu que dois policiais estavam próximo a eles, algumas pessoas que passavam na rua os olhavam. Provavelmente o casal foi chamado e não prestou atenção. O pai havia avisado para Caio, desde que ele era um menino, como deveria agir em uma situação como essa, mas agora, segurado por um policial, ele não sabia o que fazer. Todas as frases de Juarez se dissiparam e, para Caio, o pior de tudo era ter Amanda como testemunha daquela cena.

    De imediato, o policial informou que um senhor afirmou que ele havia furtado uma carteira e um celular. Caio tentava manter a calma, Amanda olhava para o chão, não fitava o namorado. Ele sabia que a namorada entendia o absurdo da situação, mas também percebia que ela apenas queria se ver fora daquela cena, longe dos olhares que os miravam, que os julgavam.

    Caio foi revistado, Amanda não. Ao perguntar quem foi o senhor que o acusara, o policial não quis informar, disse para o casal sair dali, pois, se fizessem muitas perguntas, acabariam piorando a situação. Nesse momento, um senhor que estava próximo, falou mirando o olhar em Caio e aplaudindo, "Bom trabalho, policiais. Temos que varrer da rua esses bandidos!"

    O senhor seguiu conversando com os policiais, Caio entendeu que a acusação partiu daquele senhor. Queria esmurrá-lo, mas decidiu se afastar.

    Afastado do ponto em que foi revistado pelos policiais, vendo a confusão se dissipar, Caio pediu para Amanda ir para casa. Ela relutou, mas ele explicou que, com o ódio que estava sentindo, acabaria explodindo com ela.

    Amanda entendeu, queria mesmo ir para casa, para ela o dia havia perdido o sentido.

    Ao se despedir da namorada, Caio seguiu na mesma direção do senhor que o havia chamado de bandido. Ele, que sempre quis ser um príncipe para a Amanda, se sentia ferido, envergonhado, diminuído. Conseguiu avistar o senhor e, sem que ele o percebesse, entrou no mesmo ônibus, desceu no mesmo ponto e viu onde seu acusador residia.

No mesmo dia, Caio voltou ao endereço com um dos carros de Juarez. Era um carro esporte preto, com insulfim escuro. Caio passou horas olhando para o portão de ferro, a sensação que tinha era de que tudo se condensava em um único minuto, o instante em que o senhor o acusou. Os olhos vidrados no portão, a rua escura e vazia como são as ruas da cidade, o jovem em silêncio no carro, sem fome, sem pressa, preso em uma espécie de molécula de tempo que não se expandia. O pai ligou algumas vezes, a namorada também, mas ele não atendeu. Não sabia ao certo o que faria, mas que deveria ficar ali, de guarda, até entender.

No início da noite, o senhor saiu pelo portão, usava roupas esportes, de caminhada, parecia em paz e até um tanto feliz, um típico idoso aposentado indo se exercitar para prolongar o estar vivo. O homem foi se aproximando do carro, pelo caminho que possivelmente fazia todas as noites, e Caio, em silêncio, o observava. Quando o senhor passou bem próximo, Caio abriu a porta e o jogou dentro do carro.

"Lembra de mim?" O senhor olhava apavorado. "Lembra de mim!!!" Caio gritou mais alto.

"Olha, seu pivete, se você tentar fazer algo comigo, eu vou gritar. Meu neto é policial!" O velho tentava manter firmeza

Com um braço, Caio segurava o senhor e com outro abriu o porta-luvas e pegou uma chave de fenda e um rolo de fita. "Grita pra você ver! Grita!"

Caio pressionava o pescoço do senhor com a chave de fenda e obrigou que ele enrolasse a fita pela cabeça, na altura da boca. O senhor, entendendo-se em desvantagem, seguiu o ordenado e na sequência paralisou de medo. Apenas olhava para frente.

Caio deu partida no carro, a mão direita no volante e a esquerda segurando a arma improvisada no pescoço do senhor.

Quando chegou ao portão de casa, Caio deu diversos socos no rosto de seu acusador, até deixá-lo desacordado. Pegou a carteira que estava em seu bolso e pelos documentos soube que o homem se chamava Augusto, tinha setenta e seis anos, e, pelos cartões que trazia, não parecia ser nem rico nem pobre.

Com certa dificuldade, Caio carregou Augusto até a oficina, tirou-lhe a roupa e colocou o corpo muito branco e nu sobre a bancada de madeira. Sentou-se, sentindo-se cansado, muito cansado. Lembrou-se da mãe entristecendo quando o irmão, confundido por uma testemunha, foi preso injustamente. Lembrou-se da mãe minguando, meses e meses de espera pela justiça, pelo retorno do filho. Lembrou-se da mãe silenciando, lembrou-se da mãe curvando-se. Lembrou-se que o irmão não saiu vivo da cadeia. Lembrou-se da mãe caindo no chão da sala, também morta.

Amarrou melhor o corpo de Augusto na bancada, com as cordas que havia na oficina.

Deixou bem centralizado.

Deu tapas no rosto dele até que acordasse.

Pegou um estilete que tinha sobre uma das bancadas de madeira.

Então começou a fazer pequenos cortes na pele de Augusto, que, amordaçado, trazia nos olhos uma expressão de horror.

Não passou muito tempo até que o corpo estivesse banhado em sangue.

Mas Augusto permanecia vivo.

Com olhos espantados.

Foi quando Caio ligou a serra, não quis usar o protetor

auditivo. Ele soltou a fita que cobria a boca de Augusto, que gritou desesperadamente.

"Por favor, eu não sei por que você está fazendo isso comigo. É dinheiro que você precisa?"

Caio não respondia, estava muito calmo, quase dormente. Aproximou-se do rosto de Augusto e perguntou:

"O senhor lembra de mim?"

Diante da negativa de Augusto, Caio jogou em seus olhos um produto para matar cupim. O senhor gritou ainda mais alto.

Caio ligou a serra circular. O cheiro que tomou a sala denunciava que Augusto havia urinado e defecado.

"Me tira daqui! Socorro!", gritava o aposentado.

Então, Caio pegou outras cordas e as amarrou às que já prendiam o corpo nu de Augusto. Começou a puxá-lo em direção à serra. O barulho dos ossos em atrito com o ferro era de grande estranheza, assim como o cheiro que tomava o ambiente. Peles, ossos, gordura, músculos, pedaços de crânio e de cérebro voavam pela oficina. Depois, olhos, dentes, língua...

Caio se sentia exausto, mas queria ir até o fim, embora não soubesse nem onde, nem quando, nem mesmo se teria fim.

Edivaldo e Ercílio

O terreno era parte do que um dia foi uma grande plantação de cana-de-açúcar, ali trabalhou por décadas o Zé Manoel. Com o declínio da cana-de-açúcar na região, os donos resolveram migrar e venderem uma pequena parte do terreno para o fiel funcionário. A parte em que ficava o poço.

Zé Manoel resolveu plantar frutas variadas e disso tirava o seu sustento. Casou-se com Tiana, também ex-funcionária do fazendeiro, e teve doze filhos, os dois últimos eram gêmeos, deram-lhes os nomes de Edivaldo e Ercílio.

Edivaldo, chamado carinhosamente de Valdo pelos pais e irmãos mais velhos, logo se interessou pelas questões da terra, as plantações, o ciclo de cada fruta, o período de chuvas. Ainda com dez anos, já buscava água no poço para ajudar a mãe, alimentava galinhas e porcos, que aprendeu rapidamente a matar, despelar e despenar. Já Ercílio convivia mais com suas irmãs, uma afinidade os aproximava, elas o enchiam de cuidados, e algo que intrigava os irmãos, mas não a elas, era que o menino adorava brincar com suas bonecas. Não tinham muitas, eram típicas bonecas brancas da década de 50, porém uma alegria para o menino.

Ao olhar para Ercílio, era como se Valdo visse um outro dele, um outro que ele renegava, o envergonhava e gostaria de que não existisse. A reação mais agressiva que Valdo conseguiu elaborar foi apelidar Ercílio de Zé Boneca. Foram meses chamando o menino assim. Logo, os outros irmãos também passaram a chamá-lo dessa forma. A mãe e as irmãs se incomodavam, mas nada podiam falar, "Zé Boneca! Zé Boneca! Zé Boneca!!!" Era um tomento na mente do pequeno Ercílio.

    Dois anos se passaram, Ercílio, já com 12 anos, não mais tinha tempo para brincar com as irmãs. A vida da família era dura, muito trabalho, poucos risos. No entanto, o apelido havia ficado marcado e assim, não apenas os familiares, mas também os vizinhos, chamavam Ercílio de Zé Boneca. Menos o pai, que se sentia tão constrangido quanto o filho com o apelido inventado pelo Valdo para o seu gêmeo. O menino trabalhava mais pesado que os demais, em parte por Zé Manoel delegar mais funções para ele, na tentativa, supunha ele, de endurecer a criança. Em dias de chuva, os filhos de Zé Manoel não gostavam de ir buscar água no poço, apareciam muitos sapos e cobras. Até que em uma manhã de domingo muito chuvoso, ao entrar em um dos quartos da casa, Zé Manoel avistou Ercílio escondido, brincando com uma das bonecas das irmãs. Em silêncio, o pai tirou a boneca das mãos do menino, atirou contra a parede e fez sinal para que ele saísse do quarto. Zé Manoel sentou-se na cama, angustiado.

    Tiana precisava de água para o almoço. Na negativa de todos os filhos, a mulher foi até o quarto reclamar com o marido.

    Zé Manoel, desesperançado de que o filho mudaria seus gostos, foi até a sala onde todos os irmãos estavam juntos. Então, olhou para Ercílio.

    "Zé Boneca! Vá buscar a água!" A frase cortou o coração do menino ao meio, duas bandas de coração soltas e desprotegidas no ar. Uma vergonha maior, como nunca sentira, uma vontade de sumir na chuva ou de enlouquecer. Tiana, vendo a alma do menino desbotar em sua frente, reagiu, "Se o Ercílio vai, o Valdo vai junto." Saíram os dois meninos, cada um com sua lata, para pegar água, correndo pelo terreno enlameado. Não se olhavam, não se falavam.

De guarda na porta da cozinha, Tiana viu o pequeno Ercílio chegar, encharcado.

"Valdo caiu no poço, corram lá! Por favor, corram lá!" O coração do menino estava disparado, as duas latas vazias jogadas no chão. Com muita dificuldade, os irmãos mais velhos e Zé Manoel conseguiriam tirar Valdo de dentro do poço. O corpo estava arranhado. Foi levado para casa, a mãe cuidaria dele.

Zé Manoel, irado, se voltou para Ercílio e perguntou o que aconteceu, por que não havia ajudado o irmão. "Não serve mesmo para nada esse Zé Boneca", disse, derrotado.

O menino ergueu a cabeça como nunca fizera diante do pai, colocou as mãos na cintura e gritou, assertivo:

"Pergunte a ele!"

O tapa que levou no rosto jogou o seu corpo franzino no chão de terra. Não chorou, apenas ficou ali, em silêncio, por dentro quase conseguia sorrir.

Em respeito ao pai, ninguém saiu em defesa do Ercílio, voltaram-se para Valdo esperando uma resposta, queriam entender como se deu o acidente no poço.

Nesse momento, estarrecidos, descobriram que, pelo susto da queda no poço, o pequeno Valdo, desesperado, mexia a boca, a língua e emitia sons. No entanto, apesar de todo o esforço do menino, ele não conseguia mais falar.

Qualquer dia

Já bebi tua cerveja
Eu conheço o teu cheiro
Eu te encontro qualquer dia
Ah! Eu te encontro qualquer dia
— Qualquer dia, Vitor Martins

Uma pequena fila se formava na entrada, alguns conversavam efusivamente, outros, em silêncio, pareciam estar na expectativa de uma noite animada. Talvez, com sorte, teriam um bom encontro. Entre esses poucos que chegavam antes do horário de abertura, os que estavam sozinhos demonstravam sinais de ansiedade na postura, ávidos por sair daquela vitrine que chamava a atenção de quem passava pela rua com sacolas de compras, cachorros, crianças... Sinais de uma vida que não se encaixava com aquela fila, com aquele lugar.

Na porta, dois seguranças altos, musculosos e mal-encarados pediam a identidade dos mais jovens, embora deixassem passar até mesmo os que apresentavam documentos nitidamente falsos. Eram exceções esses muito jovens, os de meia-idade caracterizavam mais o perfil dos frequentadores. Renato veio de longe, duas horas entre ônibus e trem, era uma viagem solitária, um risco que corria simplesmente porque naquele momento da vida não sabia ser de outra forma. No caminho, encontrava todos os tipos que circulavam pela cidade e rompiam a madrugada em busca de uma distração para amenizar a aridez de uma semana de trabalho, dos dias de uma vida Cansativa. Essa busca, por todos os ângulos, se desenhava em apenas uma expectativa, ternura.

Logo que entrou, ele foi até o bar, precisava aproveitar enquanto a casa estava vazia para beber cervejas e drinks ao máximo, em um menor tempo possível, assim conseguiria suportar a meia-luz bruta, os vídeos de cantoras americanas de outras gerações, que eram transmitidos nas televisões, o canto desafinado dos que se aventuravam no karaokê, o cheiro de mofo da boate misturado com perfume dos frequentadores, que, mais tarde, no auge da madrugada, se misturaria com cheiro de suor, mijo, gozo e, em algumas sextas, até vômito. Com o filtro que o álcool cedia ao seu olhar, era possível ser educado com o assédio dos velhos, com as mãos mais afoitas, com os que se apaixonavam por ele. Amortecendo os sentidos de guarda, acessava as senhas para entrar naquele mundo onírico, um drink no céu, um drink no inferno, pensava e sorria sozinho.

No dia em que conheceu aquela boate, estava em um bar próximo, ele e uma garrafa de cerveja. Alcione cantando *Faz uma loucura por mim* em uma jukebox. Nesse momento viu passar por ele uma luz clara e prateada e, dentro da luz, um homem, Luís Cláudio. Os dois se olharam, se reconheceram e, nos minutos seguintes, não conseguiram mais não se ver, um mundo se revelara entre os dois, ele e o outro homem. As coisas que essa revelação trazia ao pensamento de ambos faziam com que todo o corpo dos dois respondesse aos estímulos de agora estarem vivos de uma forma diferente. Ao se reconhecerem, os corações pulsaram em outra cadência, os pelos se eletrizaram, os lábios ressecaram e as pupilas dilataram. Não conseguiriam mais desver, o tempo era outro, o mundo era outro, tudo havia mudado, a vida anunciava no ar que respiravam a impossibilidade de voltarem a ser eles mesmos depois daquele encontro.

Luís Cláudio foi em direção a Renato e falou assertivamente,

"Vejo estrelas no seu coração." Renato, sem responder verbalmente, entendeu o chamado. Caminharam pelas ruas cheias, bares, boates, carros e euforia. Naquele trecho boêmio da cidade a vida parecia reivindicar beleza. Luís Cláudio parou um pouco a caminhada e, olhando para Renato, sorriu, lhe deu um abraço apertado e continuou caminhando com o braço direito sobre os ombros do outro, que se sentia acolhido, estranhamente sem medo, feliz. Um vento frio circulava pelas ruas naquele início de madrugada, e percebendo a pele arrepiada de Renato na sua regata, Luís Cláudio tirou a camisa de mangas compridas e pediu que o outro a vestisse. Trocaram de roupas. Renato, observando sua camiseta branca no corpo do negro avermelhado, sentiu-se um pouco no Luís, como um tipo de tatuagem.

Chegaram à porta da boate, um grupo de homens negros estava entrando, riam alto, se abraçavam e caçoavam uns dos outros. Nesse momento, um deles caiu no chão, sem ninguém entender exatamente o que ocorria. As pessoas ao redor perceberam, aos poucos, que ele havia sido atingido por uma pedra.

Logo, outras pedras foram sendo atiradas contra o grupo que estava na fila para entrar na boate. Eles tentaram se abrigar na portaria, mas foram impedidos pelos seguranças. Emparedado, o grupo resolveu reagir e ir em direção aos jovens que lhe atiravam pedras. Uma confusão se fez. Pessoas que passavam pela rua gritavam frases agressivas contra os gays. Luís Cláudio conversou brevemente com os seguranças, conseguiu que Renato se abrigasse na entrada da boate e foi se juntar ao grupo de gays, que, naquele momento, levava grande vantagem na briga. Renato ainda viu quando a sua camisa branca, no corpo de Luís Cláudio, ganhou uma mancha de sangue, era como se Renato sentisse no próprio corpo a dor da ferida. Ele queria participar da briga, mas não conseguia sair do lugar, tinha medo, e o fato de ter sido colocado ali por Luís Cláudio, na proteção dos seguranças, o fazia supor que aquela realmente não era uma briga para ele encarar.

Renato perdeu a presença de Luís Cláudio do seu ângulo de visão. Outros que participaram da briga saíram correndo após deixar o grupo de jovens brancos agressores caídos no chão, com ossos quebrados, rostos rasgados, reduzidos. Ele perguntou aos seguranças se conheciam Luís Cláudio, eles disseram que não. Ficou um tempo olhando para a rua, tentando entender, viu aos poucos os jovens, todos brancos, se levantando e saindo da frente da boate, viu a rua voltando ao seu fluxo normal, voltando a ser mais uma noite de sexta, de escapismo e de buscas afetivas.

***

"Nada aconteceu? E esta camisa no meu corpo? E esta sensação de abraço preso no calor da memória?", pensava Renato, enquanto tomava mais um drink forte dentro da boate. Mais uma noite na expectativa de reencontrar o Luís Cláudio.

A boate era frequentada por homens pobres, negros, gordos, deficientes e velhos, como um quarto de despejo do mundo glamourizado gay da cidade reluzente. Na fachada, um letreiro imenso piscava a palavra Magic. Depois do ocorrido com Luís Claudio, Renato virou assíduo e gostava de conversar com os frequentadores, saber da vida fora do sonho, e do sonho dentro da vida. As profissões eram as mais reais e comuns: pedreiros, cozinheiros, marinheiros, seguranças, estivadores, entregadores e balconistas se encontravam naquelas sextas à noite para celebrar um tempo bom que se constituía apenas ali dentro.

Desde o primeiro dia em que entrara na casa, já haviam se

passado alguns meses de espera. Voltava todas as sextas vestindo a camisa regata de Luís Cláudio. Esperava encontrar novamente a sua luz branca e prateada, seu sorriso farto, seu abraço calmo, mas o fato era que Luís Cláudio havia sumido do mapa. No bar em que se conheceram, também não mais apareceu. Renato se sentia culpado por não ter feito nada, por ter sido tão covarde, por ter perdido tanto futuro, parado na porta, amedrontado, vendo Luís Cláudio participar da briga, vendo Luís Cláudio sumir. Então bebia, subia as escadas que davam para a pista de dança, se prostrava em uma parede no canto e, como um antropólogo triste, observava a noite acontecer: os beijos, os encontros e desencontros, a frustração dos que eram rejeitados, os excessos, os tombos no chão sujo, "um drink no inferno, um drink no céu."

O retorno para casa só era possível quando o dia amanhecia, então, no seu ritual semanal, esperava a última música tocar, as luzes se acenderem e a saída dos inimigos do fim. Um efeito anticlímax se instaurava. Os rostos exaustos, olheiras evidentes, as barrigas maiores de tanta cerveja, as roupas sujas de lama e gozo, as vozes embargadas de bebida, a melancolia das primeiras luzes da manhã dizendo que era a hora para aquela horda voltar ao mundo que os rejeitava. A luz acesa da boate comunicava que o sonho acabara, desfeito no instante entre as cinco e cinquenta e nove e as seis da manhã.

***

Naquela sexta, Renato se sentia mais cansado, mais doído por esperar, por se culpar, por viver sozinho o que a vida anunciara ter sido feito para dois. Aqueles dias vazios sem Luís Cláudio o faziam mancar, enxergar menos, pulsar menos, faltava um pedaço da perna, um filtro no olhar, um músculo no coração, o outro que, ao ser avistado, se tornara um pouco ele, um pedaço dele partira com o seu abraço no instante abrupto de uma confusão.

Então, desistido, beijou uma boca úmida e cansada, abraçou um corpo já relaxado de prazer. Renato cedeu a aproximações mais por repetição, cacoete e preguiça de pensar e sentir do que por atração por outros. Ele beijou e se arrependeu, como já vinha acontecendo desde que conhecera Luís.

Saindo da boate, o céu já estava claro, intensamente azul, um jovem musculoso passou correndo, uma criança carregava duas bisnagas em um saco de papel embaixo do braço, um grupo de negros improvisava uma roda de samba no boteco em frente, cantavam uma letra jocosa enquanto um deles rebolava até o chão. Um pouco mais à frente, em outro grupo, de costas, um homem vestia uma camiseta branca que muito parecia com a que emprestara para Luís Cláudio. O coração de Renato amansou e parecia não mais bater, os olhos lacrimejaram, "Só pode ser ele." Então, se sentindo observado, Luís Cláudio se virou, olhou para Renato, sorriu grande e seguiu sorrindo andando na direção do outro. A camiseta branca, a luz dos raios de sol da manhã sobre o corpo avermelhado de Luís Claudio. Uma euforia de sentidos tomou o corpo negro reluzente de Renato. Na sua vida tão jovem, ainda não tocara em um instante como aquele. E, de dentro dos seus olhos felizes, Luís Cláudio caminhava em sua direção como, se possível fosse, um tipo muito delicado de anjo.

Felipe

O menino entrou no apartamento em silêncio, feliz e inseguro, como em uma aventura, e, enquanto segurava um livro, deixou a mochila no chão da sala. O apartamento era bem menor do que imaginava. Foi até a sacada, e o adulto pediu que tomasse muito cuidado. Olhou a vida do alto, tudo parecia enorme, prédios, vilas, ruas... Não sabia ao certo como voltar para a sala, estava constrangido. O adulto apareceu com uma caixa com cereal, duas tigelas e leite. Chamou o menino, sentaram-se à mesa. "Felipe, essa agora é a sua casa, levou mais tempo do que eu gostaria, a pandemia atrasou tudo, mas eu quero que você se sinta em casa..." Enquanto falava, o adulto preparava o alimento, enchendo as tigelas de leite, estava muito emocionado. "Eu sei que no início pode ser um pouco difícil, mas, meu fi..., mas, Felipe, eu prometo ser o melhor pai que uma criança possa querer ter." Felipe olhava o adulto com um misto de admiração e algo que, no futuro, saberia ser amor. O pai sorriu. "E este livro, Felipe? Que você não desgruda das mãos?" Felipe leu o título, *Kid afeto no afrofuturo*. O menino abriu o livro na primeira página e começou a ler em voz alta.

O pai nunca se sentira tão feliz.

Aconselhando Machado de Assis

Cecília, Lorraine e Andinho. Cecília mantinha um canal literário no Instagram chamado A Literária; Lorraine era dançarina, musa do grupo de pagode Os Temerários e influencer; Andinho era cantor desse grupo de pagode em ascensão. Moravam no Morro do Livramento, no Centro da cidade do Rio de Janeiro.

O fato é que havia dias que esses três personagens passaram a interromper meus pensamentos mais distraídos durante o dia e, nas noites, os meus melhores sonhos. Não tinha mais o que dizer sobre eles, assim compreendi após o ponto final no conto protagonizado pelo trio. No entanto, semanas depois, eles continuaram querendo ainda se contar. Que tortura! Tinha terminado o conto de título *Deslike* para o meu próximo livro. O parágrafo final do conto, embora me parecesse encerrar bem a história, para os personagens, pelo que eu vinha vivendo, parecia que não. Vejam como ficou:

Lorraine viu, descendo a rua, conversando e sorrindo, Andinho e Cecília. Andinho de bermuda, sem camisa, cordões, peito estufado. Cecília, vestido floral, sandálias, cabelo cor de cobre, segurando dois livros. Descem a rua, mas ao olhar de Lorraine, Cecília parecia flutuar de tão feliz.

Ao ver a cena, a mão direita de Lorraine pressionou com tal força a janela de madeira da sala, que começou a sangrar. A musa de Os Temerários não se movia, a íris dos olhos parecia ter querido ir buscar o céu. 'Como Andinho pode fazer isso comigo?'

Lorraine ficou ali, parada, presa à madeira até a chegada da ambulância. "Como alguém pode não gostar de mim?"

Os bombeiros, com a ajuda da mãe de Lorraine, de Cecília, que não controlava o riso, e de Andinho, muito assustado ao ver a namorada naquele estado, conseguiram removê-la e levá-la para um hospital psiquiátrico, de onde ela nunca mais saiu.

Não está bonito? Creio que vocês leitores, hão de concordar. O que mais querem esses personagens?

Outro dia, tomando sorvete em uma dessas tardes aprazíveis do Centro do Rio de Janeiro, em que tudo parece dar certo, na mais intensa conexão entre o meu paladar e um sorvete de tangerina, me veio, de assalto, no pensamento esta fala de um narrador: *Mas não daria tempo. Um demônio rodopiava e gargalhava dentro dela, um demônio chamado intuição.* Sim, tinha sido a bandida da Literária que escrevera no meu pensamento aquelas frases.

Com certo alvoroço, logo concluí que eram as artimanhas da Cecília, a se fazer de voz de narradora e tentar explicar a desmedida reação de Lorraine no final do meu conto. Explico. No conto *Deslike*, Lorraine, a influencer e dançarina, recebe uma mensagem de um perfil *fake*, mensagem de *hater*, sendo que, diferente do comum, este hater a conhece muito bem, pois soube enfiar uma agulha comprida e incandescente no que a influencer tem de mais sensível, a sua autoestima. Lida a mensagem, Lorraine entra em uma espiral de dúvidas sobre a sua aparência, e o esforço de anos na construção de uma autoimagem de linda e gostosa se desmorona na sua frente, diante do espelho. Em seguida, ela vê o namorado e a Literária Cecília descendo o morro juntos, como apaixonados. No que conclui, "Estão me traindo."

Após muitos pesadelos com Cecília, Lorraine e Andinho,

em um deles, por sinal, Cecília lia de trás para frente todo *Livro do Desassossego*, do Pessoa, para me torturar, em uma noite de sexta-feira, ao acordar com dificuldade de respirar, resolvi sair de casa para respirar um pouco o ar da rua. Caminhei pela Glória, e me sentei em um dos bancos da Praça Paris. A praça estava vazia e mal iluminada, foi quando, sentindo um cheiro forte, mistura de mofo e naftalina, percebi a presença daquela figura ao meu lado. Usava uma casaca preta, um chapéu também preto, estava sem óculos, não era alto, parecia ter passado dos cem anos havia algumas décadas, bastante magro, com uma imensa barba grisalha, era negro. Não tive medo, continuei sentado, olhando para as árvores. Depois de alguns minutos em silêncio, com hálito de eucalipto, ele me disse, *"O medo é um preconceito dos nervos. E um preconceito desfaz-se; basta a simples reflexão."* E, então, sumiu.

Não tive dúvidas de que se tratava do Machadão, forma como eu chamava Machado de Assis. Mas o que ele queria me dizer? O que eu deveria fazer para me livrar de fato daqueles personagens?

Depois de muito refletir, lembrei a frase da Lorraine, disfarçada de narradora, que invadiu o meu pensamento naquela tarde aprazível. Sim, era isso, a intuição! Desde que comecei o conto, algo me dizia que esses personagens de fato existiam, era por isso que o demônio gargalhava e ria dentro de mim, por perceber o meu medo em acreditar que os meus personagens estavam vivos.

Sabia o quanto poderia ser perigoso, mesmo assim pedi um Uber e parti para o Morro do Livramento! Fui reconhecendo as ruas. Os moradores não me olhavam como um estranho, passei como invisível para os soldados da boca de fumo e, em poucos minutos, estava em frente à casa do meu conto, a casa da Lorraine. Janelas e portas abertas, luzes apagadas. Entrei. Sentado em um sofá, de pernas cruzadas, na sala com móveis velhos, estava ele, o mesmo cheiro de mofo e naftalina.

"Morei por aqui quando criança, era uma fazenda", disse, gaguejando um pouco. "Corríamos e brincávamos muito. Era interessante ver a vida desta perspectiva, do alto." Me precipitei a falar, mas ele me interrompeu e disse, "Veja, percebo que não se assustou, percebes que eu não sou um autor defunto, moro aqui entre os descendentes da minha geração. A moça que procura, de fato foi internada." Novamente Machado fez uma de suas longas pausas, estava muito sereno. Em seguida, olhou-me nos olhos e disse, "Há só um modo de escrever a própria essência, é contá-la toda, o bem e o mal. Isso, me parece, que você já faz."

Confesso que me emocionei um pouco ao lado do mestre. Ele sabia das coisas, mas não de tudo.

Então, tomei coragem para lhe explicar que ele não poderia mais ficar por ali, que precisava seguir outros caminhos, visitar outras dimensões da existência, e que já deveriam estar lhe esperando por décadas e décadas. Ele sorriu como um idoso tímido. Disse que, mesmo partindo, permaneceria presente.

Na rua de Lorraine, passei por Andinho e Cecília, que subiam abraçados, como um casal. Discretamente, sorri para eles.

Voltei para casa.

E o sono não mais me rejeitou de si.

Mísia

Mísia voltava da escola em silêncio. Caminhava ao lado da irmã, Miriam. Saíram da aula às doze horas, a mãe as esperava em casa para o almoço. A escola era próximo da casa — uma meia-água em que moravam. Mísia, Miriam, Aura, a mãe, e Douglas, o pai.

Naquele dia, enquanto caminhava dentro do dentro de si, cabisbaixa, Mísia trazia um eco no pensamento, uma palavra. A menina estava preocupada. Dois anos mais nova que Miriam, Mísia via na irmã um modelo a ser seguido, queria ser como ela, espontânea e inteligente, e, toda vez que ouvia na voz da mãe esse elogio para Miriam, um vento frio lhe invadia os ouvidos, "espontânea e inteligente."

As ruas daquele canto da cidade ficavam vazias naquele horário do dia. Os trabalhadores acordavam ainda de madrugada para chegar em seus empregos localizados a duas ou três horas do local em que moravam. Durante a luz do dia, essas ruas eram ocupadas por alguns aposentados e estudantes indo e vindo para as aulas. Olhando para o chão, Mísia viu, próximo a um muro cinza chapiscado, uma flor lilás de quatro pétalas, equilibrada em um galho muito verde com poucas folhas. A menina foi pegar.

"Vem, Mísia!", gritou Miriam, irritada com o desvio de

percurso da irmã. "Sabe que, se atrasarmos, a mãe briga!" E foi puxar a irmã pelo braço.

Mísia ranhou, pegou a flor e seguiu a mais velha, agora se sentindo um pouco menos preocupada pelo efeito da beleza da flor, mas, ainda assim, circunspecta.

Mísia percebia que Miriam seguia ao seu lado com um sorriso ensolarado no rosto que levemente apontava para o céu. Os olhos brilhavam e a postura do corpo era desenhada por um vigor de quem se orgulha de algo. Os passos apressados de Miriam eram para logo chegar em casa.

Embora cuidasse atentamente da irmã mais nova, desde que ela surgira enrolada em uma manta amarela e branca, naquele momento, ansiosa para chegar em casa, se impacientava, e passou a andar um pouco mais à frente.

Mísia, com suas perninhas, vestida com uma saia de pregas azul-marinho e uma blusa branca de tergal, caminhava ralentando o passo. Se pudesse andaria para trás, andaria para trás até o início da manhã, quando acordou e tomou o chocolate preparado pela mãe, ou até mais para trás, quando entrou para a escola e deixou o pai olhando para ela em uma fila de crianças chorosas, ou um pouco mais, e mais.

Quando então, na vigília da mais nova, Miriam viu surgir, andando próximo da irmã, um homem branco com o rosto muito sujo, roupas rasgadas, e o olhar fixado em Mísia, Miriam gritou, "Corre, Mísia!"

A menina, ao ver os olhos arregalados da irmã, correu sem nem mesmo precisar buscar entender a que perigo estava vulnerável. Elas se entendiam assim, no olhar, na respiração e intuitivamente. Percebiam, por exemplo, quando Aura ia se abaixar, tirar dos pés os chinelos para bater em suas pernas, e corriam para o quintal, ou quando queriam ir para a rua brincar e até mesmo quando queriam ficar a sós em silêncio.

O homem seguia andando firme. Não expressava qualquer intenção no olhar, apenas se direcionava na direção da pequena. Mísia começou a gritar enquanto corria. A rua vazia, as duas meninas e o homem, que, ao chegar mais perto delas, puderam perceber que nele uma gosma escorria pelo lado esquerdo da boca. "Corre mais!", gritou Miriam.

Quando Mísia enfim chegou ao lado da irmã, as duas partiram correndo de mãos dadas. Ao sentir que a mais nova iria tropeçar, Miriam a puxava pelas mãos para um reequilíbrio.

Minutos depois, ao olhar para trás, Miriam viu que o homem não estava mais na rua. "Deve ter pulado em algum quintal." No portão de casa, as duas se abraçaram, e o coração acelerado de uma conversava com o coração assustado da outra, elas buscavam um ritmo único para pulsar juntas e assim se acalmarem. Depois do abraço, Mísia percebeu que a flor lilás tinha ficado caída no asfalto, perdida na sua fuga, e com ela também um pouco da sua alegria fragilizada.

Entraram em casa, o pai estava à mesa para o almoço, o que as duas primeiro estranharam, mas logo gostaram e foram abraçá-lo. Contaram a ele da pequena aventura. No entanto, parecia que algo maior habitava seu pensamento, sem espaço para fixar mais nada. Na cozinha, a mãe finalizava o almoço e parecia tensa. Esfuziante, Miriam tirou da mochila o boletim escolar e correu sorridente para mostrar para Aura, que sorriu satisfeita, lhe deu um abraço e tocou quatro vezes carinhosamente com o dedo indicador o nariz da filha. "Eu só tenho orgulho de você, minha filha, você vai ser uma grande médica."

Da sala, no colo do pai, Mísia mostrava para ele o boletim, enquanto ouvia a voz da mãe vinda da cozinha. As notas, que já não estavam boas, ficaram piores e, no documento, fileiras de letras vermelhas. "Não esquenta, filha, você acha que estudou o bastante?"

A mãe apareceu na sala e já sabia o que estava ocorrendo. "Vem aqui, minha pretinha." Encheu a bochecha da filha de beijos, fez cócegas e disse, "Vamos estudar juntas, agora vá lavar essas mãos para almoçar."

Mísia sorriu miúdo e foi para o banheiro, abriu a bica, a água batendo na pia. Aproximou o rosto do jato d'água, o som ficou mais alto e ela chorou se sentindo fracassada. Dentro do barulho da água, outro barulho maior, um eco distorcido: na saída da escola, com os ombrinhos caídos, antes de, como em todos os dias de aula, iniciar a caminhada para a casa ao lado da irmã. As duas meninas juntas, cada uma lendo o boletim da outra e uma cumplicidade rompida. Ao ler o boletim da irmã, de forma espontânea e até alegre, Miriam não se conteve e lançou a frase pedra bruta, que perfurou e se alojou no breu da existência principiante de Mísia.

"Burra!"

Bernardo

Bernardo estava sentado sobre o muro, as pernas curtas dançavam no ar. Por trás do menino, o pai lhe segurava o tronco, o que deixava Bernardo com uma grande sensação de segurança. A mãe, ao lado do pai, olhava ao longe. O muro deixava evidente outros tempos de sua existência, pelas cores diversas que nele tinham sido aplicadas. O cinza do cimento nas partes em que não havia mais pintura e um amarelo, que permitia revelar que o muro antes era rosa, ou vermelho bem claro, marcas de outros moradores daquela casa de subúrbio.

O dia estava claro e a luz que refletia do chão incomodava os olhos do menino, que, de quando em quando, os cerrava em uma quase careta, quase sorriso. O céu de um azul pleno, vazio de manchas brancas – que era a forma como ele pensava as nuvens.

Foi quando começaram a ouvir os estouros, como bombas em disritmia. A mãe passou a ficar atenta e a olhar para o início da rua, com uma animação, que o menino não compreendeu. Até que ela esticou os braços e gritou, "Alá, Bernardo! Está vendo?!"

O que o menino via eram cores dançando, rodopiando, enquanto seu coração acelerava junto com os estouros. Olhou para cima, buscando o rosto do pai, para perceber se devia sentir medo.

O pai sorria para o evento que se movimentava em direção a eles, o que, no entanto, não tranquilizou Bernardo.

Conforme as cores foram se aproximando, Bernardo percebeu que eram bichos coloridos, que batiam com bolas no chão, bolas amarradas por cordas. Esses bichos apitavam e rodopiavam, cada rosto mais pavoroso do que o outro. As crianças que estavam na rua corriam deles, e até adultos também fugiam.

Bernardo observava na mãe e no pai uma euforia. E, quanto mais o cortejo de bichos se aproximava dele, mais sentia medo. Reagia em silêncio, como fazia com quase tudo que acontecia ao seu redor.

Quando se aproximaram mais, Bernardo percebeu que a pele colorida dos bichos parecia uma roupa, e o mais alto do grupo, de rosto e cabelo vermelho-escuros e corpo formado por listras verdes, vermelhas e brancas se aproximou da família. De tão assustado, Bernardo nem conseguia chorar. O rosto monstruoso foi se aproximando do seu e quando uma careta no menino parecia que explodiria em berreiro, uma mágica se fez. O bicho tirou de dentro de si um homem.

"É uma fantasia, Bernardo!", gritou a mãe, animada. "São mascarados, menino!"

O pai permanecia com o sorriso no rosto, como se, de alguma forma, em algum ponto do passado, fizesse parte daquilo. Como se algo dentro dele se animasse a aparecer, como o vermelho desbotado no muro que do amarelo surgia.

Então, o homem sorriu e estendeu o dedo para que Bernardo apertasse. O menino sentiu a textura da luva preta e grossa e, ainda desconfiado com a experiência, retraiu o braço. Foi quando um pequeno mascarado azul e rosa se aproximou e abraçou as pernas do homem, que sorriu, e olhou para a mãe de Bernardo. "A senhora teria água? Hoje está bem quente."

Enquanto a mãe de Bernardo foi buscar água, o mascarado mais alto levantou o mascarado pequeno e o sentou no muro, ao lado de Bernardo. O menino observava todo aquele novo, maravilhado e em silêncio. Quando o mascarado menor tirou a máscara, Bernardo viu surgir uma menina. Ela tinha as bochechas lustrosas de transpiração.

"Papai já pediu água pra moça, minha filha. Daqui a gente vai pra casa, tá bom?" Tirava as luvas da filha e lhe enxugava o rosto com uma toalha pequena.

As crianças não conversaram. O pai de Bernardo fazia diversas perguntas ao homem fantasiado. Após a menina beber a água, e antes de o pai descê-la do muro, em um gesto inesperado até mesmo para o menino, a menina se aproximou do rosto de Bernardo e lhe deu um beijo na bochecha. Ele se retraiu novamente e uma sensação de paz lhe percorreu o corpo, a menina sorriu enquanto o pai a colocava no chão.

Pai e filha seguiram na brincadeira de Carnaval, foram explorar outras ruas, dar outros sustos. A mãe de Bernardo, segurando uma garrafa vazia nas mãos, os olhava com admiração. O pai parecia estar pensando em outra vida, vivida quem sabe com mais emoção e coragem. E o menino, ainda extasiado pelos barulhos e cores que agora se distanciavam dele, naquela rua de casas simples do subúrbio, parecia sentir na bochecha a presença dos lábios da menina, da menina que lhe enfeitou a vida com um tipo muito singelo de primeiro beijo.

Aquele frevo axé

Não sabia mais precisar a quantidade de vezes que já tinha visitado Salvador. A conexão mágica que o meu espírito tinha com aquela cidade. A brincadeira que fazíamos com o seu nome, Salva-a-dor, era tão espirituosa quanto verdadeira. Em Salvador, iniciei e terminei relacionamentos, em Salvador, adotei a minha filha, Camila, hoje com 20 anos, em Salvador, me sentia inteiro, menos estrangeiro no meu país. Mas essa última viagem vinha sendo diferente, depois de dez anos casado com Leonardo e indo passar anualmente a temporada de verão na cidade com ele e com Camila, dessa vez eu estava sozinho. Sozinho porque meu casamento acabou da maneira mais triste possível dentro de mim. Leonardo foi se afastando sem que eu percebesse, primeiro resolveu pegar uma bolsa de estudos na Califórnia, foi estudar a história editorial afro-americana, uma obsessão dele. Sempre achei que Leonardo entendia que nos Estados Unidos encontraria a chave para entender o racismo no Brasil, incomodava a ele o fato de, sendo um homem branco, ser tão bem tratado no Brasil. Talvez uma mistura de culpa e racismo internalizado. Ele dizia que nos Estados Unidos seria tratado efetivamente como branco, que lá o branco é branco e precisa assumir as consequências de ser branco. Eu achava inocente da parte dele, mas eu o amava tanto, que todos os seus equívocos só faziam brotar carinhos, apego, desejo e atenção. Depois de seis meses fora, Leonardo passou a me tratar com mais distanciamento, passamos a viver como dois amigos que dividem o mesmo apartamento, afáveis, mas não amorosos. Camila me dizia que eu era o responsável, que eu exigia muito dele, que também não era fácil para ele ser o branco da família. Lembro uma tarde em que ficamos apenas eu e ele no apartamento, uma tarde de outono, nossa vista para o Cristo Redentor, que ele tanto admirava. Eu, com minha camisa do Fluminense e cueca branca. Antes ele dizia que se amarrava em me ver assim. Antes. Coloquei a minha lista de canções de Nana Caymmi para tocar *Essas tardes assim... são bonitas demais*. Eu estava levemente perfumado com o cheiro que ele gostava, fiz alguns drinks, ofereci, e ele não quis. Ficou sentado no sofá, lendo um livro. Não sei se pelo efeito da vodca, mas tive a impressão de nunca ter visto uma luz tão linda entrando por nossa janela, o sol cobria as pernas de Leonardo, os pelos loiros refletiam, brilhavam. Eu, sentado do outro lado da sala, apenas observava aquela paisagem, o sol entrando pela janela e o meu amor sentado no sofá lendo um livro. Minhas plantas pareciam felizes e Nana Caymmi parecia cantar mais calma, mais doce, mais amorosa. Perguntei sobre Camila, se ele não achava que ela andava meio distante, ele respondeu com um grunhido, sem tirar os olhos do livro. Então, me sentei ao lado dele, puxei o livro de suas mãos e joguei no chão. Ele me olhou sério, frio, decepcionado, e foi buscar o livro. A reação de Leonardo me jogou em um lugar muito escuro, eu nunca havia me sentido assim, tão sem vida dentro de mim. Ele voltou com o livro, se sentou ao meu lado e tornou a ler, ou fingir que lia. Eu peguei o livro das mãos dele e novamente joguei longe, dessa vez contra a parede. Quando ele se movimentou para se levantar de novo, eu dei um grito. "Seu viado!", e comecei a chorar, um choro guardado. Leonardo veio me consolar, descansei minha cabeça no seu ombro, queria negar o carinho, mas só conseguia tentar me acolher no seu corpo. Então, fui direcionando os meus lábios para os seus, Leonardo me olhou apreensivo. Foi quando eu o beijei.

 É impressionante como a emoção domina o corpo. Ao tocar os lábios de Leonardo com os meus, naquele dia quente de outono, a sensação foi a de estar tocando em um músculo mole e gelado. E pela reação física dele, me parece que ele sentiu o mesmo. Ou já vinha sentindo e tinha condições de encarar isso de forma mais resiliente ou fingida? Depois desse constrangimento, mantive o abraço e escorreguei o meu corpo pelo corpo de Leonardo e, como na música do Chico, *sem carinho, sem coberta*, fiquei ali, deitado no tapete da sala, já sem conseguir chorar. Meus olhos assustados viram os pés de Leonardo irem em direção ao quarto, meus olhos assustados viram os pés de Leonardo irem em direção à porta, meus ouvidos sem vida escutaram a porta bater.

 Depois desse dia, soube pela Camila que Leonardo havia viajado para a Califórnia e que ela iria morar com ele. Como um amor pode acabar assim? Como uma filha abandona um pai no estado em que eu estava? Eu a criei sozinho até os 10 anos, quando Leonardo entrou nas nossas vidas. Nos dias após a ida de Camila para Califórnia, o inverno se instalou. Passava os dias deitado no mesmo tapete para o qual escorreguei quando tive a certeza do desamor de Leonardo. Dali, pedia comida, não atendia aos amigos, e o único contato que eu tinha era com entregadores de comida e bebida. Eles me olhavam um pouco surpresos ao ver o meu estado, mas logo pegavam a máquina do cartão, pediam o meu código de usuário e seguiam com a quase discrição de sempre. Banho desisti de tomar, era como se o tempo não passasse, como se o instante do fim tivesse se esticado com uma elasticidade impressionante. O corpo doía às vezes, mas logo me distraía até mesmo da dor, porque chega um momento dentro do abismo em que não pensamos mais em nada, a memória vira uma tela escura.

    Alguns dias depois, ainda dentro desse abismo, uma força que nunca sabemos de onde vem me fez reagir. Pelo celular, coloquei *Everything Happens to Me* para tocar, e a voz do Chet Baker me lembrou a do meu pai. E que saudade da porra que me deu do pai. Ele dizendo que o que importava era que eu fosse feliz, ele com suas palavras simples e períodos objetivos, ele e o abraço que me deu quando soube que eu havia adotado uma criança, a voz do meu pai que nunca mais saberia com precisão como era, apenas rememoraria por outras vozes parecidas. O meu pai sempre me perguntava quando eu o levaria à Bahia, toda vez que ele sabia que eu estava indo ou voltando era a mesma pergunta: "Quando você vai me levar para conhecer aquela Bahia?" Quando ele faleceu eu estava em Salvador, lembro da minha irmã dizendo, "Não precisa vir, vocês não eram tão próximos mesmo." Mas éramos próximos, acontece que a nossa proximidade virou um segredo quando eu me assumi gay e a minha família me virou as costas. Foi quando meu pai passou a me visitar em segredo, levava presentes, comida, conversávamos, ouvíamos Chet Baker, John Coltrane... Na sua negra elegância, o meu pai enchia minha casa de luz. A campainha tocou, fui buscar o meu pedido e não voltei mais para o tapete.

    Sal-va-dor. Seria lá que eu tentaria me curar, na praia do Porto da Barra e seu pôr do sol encantador, no samba da Feira de São Joaquim ou caminhando pelo Santo Antônio, sim, seria em Salvador que eu iria me curar, nos bares do Pelourinho, na praia da Gamboa e de Boa Viagem. Comprei as passagens, não levei bagagem, não avisei a ninguém. Embora uma faísca de desejo passasse a me habitar, sabia que meu olhar ainda era um olhar triste: bicho com fome, peixe morrendo na areia. A maior traição de todas, o desamor. Como eu não percebi os sinais? Ou Leonardo foi tão canalha que escondeu esses sinais quando estava me elogiando, andando de bicicleta comigo pelo Aterro ou contemplando a paisagem da Urca? E Camila? Uma filha não abandona o seu pai, ou não deveria.

Durante o voo, sonhei com Leonardo. Ele sentado, lendo um livro de poesia do Solano Trindade na sala do nosso apartamento, em Laranjeiras, eu com a camisa do Fluminense e a cueca branca ouvindo Nana Caymmi e bebendo margaritas. Me aproximei dele, me sentei ao seu lado e pedi "Lê para mim". Ele sorriu um sorriso lento. Os dentes muito brancos e alinhados, os pelos dourados da barba, a boca rosa. Então, ele olhou para o livro e leu um verso, *O meu futuro será baseado no amor*. Eu fiz um carinho em sua cabeça e nos beijamos. Enquanto eu sugava a língua de Leonardo com a minha boca, eu quis falar "Eu sinto o seu corpo", mas a sensação era tão etérea que falar quebraria o encanto. Nesse momento, ele me levantou do sofá e de mãos dadas me encaminhou até o quarto. Nos deitamos na cama, nos olhamos, sem deixarmos de nos tocar em nenhum momento. Eu pedi, "Deixe que eu sinta teu corpo" e Leonardo entrou em mim, ficamos um longo tempo assim. Foi quando eu percebi flores azul-escuras saindo de sua boca, caíam sobre a minha pele, me manchando. Assustado, olhei novamente para Leonardo e ele me olhava sério, com ódio. Acordei!

***

Estar sozinho e solteiro em Salvador fazia eu me sentir deslocado, em uma viagem diferente. Na praia, fui assediado por garotos e garotas de programa, os rapazes que locavam cadeiras de praia também pareciam se insinuar. Mais tarde, em um bar que tocava samba de roda ao vivo, o desconforto foi pior, a cidade parecia tomada por jovens negros com estilo afro-punk que me observavam como se eu tivesse saído de uma cápsula do tempo e caído ali na balada da qual eles eram os donos, com seus cabelos coloridos, trançados, suas roupas agênero e sua autoestima superelevada. O visual era bonito, confesso. Mas naquele momento eu estava sem escudos para hostilidades, ainda mais vindas de pessoas que nasceram trinta anos depois de mim. Tomei algumas doses de vodca, apesar do olhar de reprovação da jovem que me atendia. Não sei se ela pensou que o senhor iria passar mal ou que aquele homem com a idade do seu pai deveria estar em casa vendo TV, o fato é que ela declaradamente não fez questão de ser simpática comigo, o que despertou em mim um enorme interesse por ela. Queria entender por que ela se sentia tão dona do pedaço sendo uma simples atendente de um bar no Santo Antônio. Observá-la me distraiu um pouco, e ao se perceber sendo observada por mim, ela parou de me hostilizar, talvez por constrangimento. Pude ver quando outro jovem entrou no bar, sorriu para ela e a abraçou, conversaram brevemente, e o jovem foi para a área onde estava rolando a música. Ele estava com uma camisa e uma bermuda de renda branca. Eu nunca tinha visto uma roupa como a que ele estava vestindo, eu nunca tinha visto um rapaz como aquele, lindo, com olhos bem pretos que pareciam ser apenas íris, apenas negrura. O grupo da roda de samba começou a tocar um samba do Batatinha, *Ninguém sabe quem sou eu...* Terminei a minha bebida e fui até a roda. O amigo da atendente dançava como um deus. Misturava elementos de dança afro-religiosa com improvisos encantadores.

Em alguns momentos, o corpo parecia levitar. Fui arrancado do encantamento de o admirar quando ele me olhou e lançou um sorriso largo, como uma flecha, eu não sabia mais para onde olhar, tamanha timidez, logo eu, que nunca fui tímido, estava sem chão, não sabia onde colocar as mãos. Voltei para o bar, pedi outra dose de vodca, dessa vez com um pouco de suco de laranja, fiquei na janela olhando a rua de pedras, as construções antigas, alguns bêbados que passavam, alguns casais. Me lembrei de que estava triste, Sal-va-dor, balbuciei.

"Você é carioca?"

Olhei para trás e bem próximo de mim estava o amigo da atendente.

"Sim. Mas como você sabe?"

"A Gislaine falou do seu sotaque."

Rimos juntos. Supus que Gislaine era a atendente que me hostilizou logo que entrei no bar. Ou eu que me senti assim tratado por ela?

"Eu me chamo Danilo, e o seu nome qual é?"

Parecia não haver nenhuma barreira para Danilo. Da mesma forma com que ele tratou Gislaine, agora me tratava. Ele me contou que era estudante de Ciências Sociais e trabalhava em uma ONG que realizava projetos de alfabetização para adultos. Danilo me olhava sempre nos olhos e sorria enquanto falava, e eu me perguntava o que ele queria. O que ele poderia querer com um velho triste como eu? Com o tempo, fui relaxando, contei que sou professor universitário, mas preferia deixar Danilo falar, para que eu pudesse entender a razão de ele já estar há mais de trinta minutos conversando comigo.

"Eu amo a Cidade Baixa, amo a minha terra, amo Salvador, quero dedicar a minha vida a melhorar a minha cidade..."

O sotaque de Danilo me envolvia. Por uns instantes voltei a ser o jovem que frequentava a cidade com os amigos, vivendo aventuras emocionais, sendo livre e feliz. Salva a dor. Foi quando ele me convidou para caminhar. Mesmo sentindo certo medo, resolvi aceitar. Aquele trecho da cidade naquele horário já estava bem deserto. Saímos do Santo Antônio, descemos a escadaria do Passo e subimos pelo Pelourinho. Danilo ia me contando a história dos bairros, da Baixa do Sapateiro, da Ladeira da Preguiça, das igrejas e de outras construções antigas. No caminho, em um boteco vazio, ele comprou uma garrafa de cravinho e me ofereceu um copo. Havia nele um desejo inocente de me apresentar coisas. Um desejo que me parecia tão verdadeiro. Eu, mesmo já conhecendo muito de Salvador, naquela noite inusitada, deixava que me soasse como novo.

"Gostou do cravinho? Já conhecia?"

"Gostei. Não, não conhecia", respondi um tanto constrangido por estar mentindo.

Seguimos pelo Largo Tereza Batista, onde ele cumprimentou uma baiana que vendia acarajé, passamos no deck do Elevador Lacerda e de lá avistamos a Baía de Todos os Santos. Que espetáculo.

"Eu quero um dia conhecer o Rio. Parece ser lindo. Todos aqueles morros."

"Se programe, pode ficar lá na minha casa."

Eu já estava me sentindo um pouco bêbado depois de tantas vodcas e ainda mais misturadas com o cravinho. Quando chegamos na Praça Castro Alves, algo em mim se perguntava o que eu estava fazendo ali e que loucura era aquela de me oferecer para receber o

Danilo em casa, uma casa da qual eu saí como um fugitivo. Enquanto observávamos as luzes acesas na Cidade Baixa, como um manto iluminado sobre a vida noturna, Danilo me contou que tinha uma namorada, Joana, também universitária. Falei para ele, emocionado, que desejava que eles fossem muito felizes e me senti muito velho e derrotado dizendo aquelas palavras. Os jovens que me hostilizaram quando cheguei no bar deviam ter alguma razão, Gislaine devia ter alguma razão, eu era como um animal ferido abandonado pelo seu grupo para não torná-lo vulnerável, eu era a fera caminhando ferida pela savana, eu era o que não deveria estar ali, o solitário sem família.

 Ainda olhando em silêncio em direção à Cidade Baixa, Danilo pousou a mão sobre a minha. Foi como um cobertor muito denso e macio em um dia de muito frio. Então, ele me olhou com tanta beleza, e a minha imagem, que eu via refletida em seus olhos, não era eu, era qualquer outro, melhor que eu, que Danilo talvez já previsse, e quem sabe no futuro este eu triste de agora viria a conhecer. Eu era um Aquiles ferido em seu tendão, uma ferida que Danilo não conseguia ver. Olhei para a estátua do poeta e para poder acomodar a empolgação de Danilo disse, *Teus olhos são negros, negros, como as noites sem luar... São ardentes, são profundos, como o negrume do mar.*

 "Esse eu conheço. Aprendi na escola." Rimos juntos. "Você conhece um bar de travestis que tem nessa rua? Depois da Praça 2 de Julho?"

 "Não, não conheço", novamente, menti.

 Fomos andando enquanto Danilo me contava a história da Independência da Bahia. Logo ao entrar no bar, Danilo me puxou pelo braço e me beijou, como um adolescente que ele já deixara de ser. No palco, uma drag negra dublava uma música da Whitney

Houston, *I wanna run to you, But if I come to you, Tell me, will you stay, Or will you run away?* Aos poucos fui lhe ensinando uma cadência mais gostosa para o beijo. E assim fomos ficando, minha aura sendo equilibrada nos beijos do homem mais lindo que já vi, como em passes magnéticos.

Saímos de lá com o dia amanhecendo, dormimos juntos, abraçados. Acordei com o celular sinalizando mensagens. Uma delas era de Camila, me avisando que eles estavam voltando da Califórnia e que Leonardo precisava muito conversar comigo. Em outra, Leonardo me dizia "Eu te amo", e entre outras o Chefe do Departamento do meu curso perguntava por mim. Levantei-me e fui até a janela ver o mar da Barra. Danilo dormia nu e parecia ainda mais inofensivo. A imagem do bicho ferido caminhando sozinho abandonado pela sua alcateia voltou ao meu pensamento. Mas, dessa vez eu estava com o grupo e o ferido era um outro. Fiquei ali, na janela, por mais de uma hora. Tinha chegado em Salvador no dia anterior e já teria que voltar. Mas não poderia me iludir com uma paixão de viagem, seria clichê demais para uma bicha que já passou dos quarenta anos. Voltar e me manchar com as flores azul-escuras que saíam da boca de Leonardo? Quanto à Camila, sempre será a minha filha amada, acima de tudo, incondicionalmente amada.

"Quer que eu faça um café?"

Percebi que Danilo gostava de chegar assim, do nada, como um gato que não faz barulho, um gato preto imensamente lindo. Ele me abraçou por trás e começou a expirar ar quente no meu pescoço.

"Eu não sei nada de você. Apenas que é professor universitário. Nem o seu nome você respondeu. Nem o número de telefone."

"Eu tenho o seu", tentava me desvencilhar de Danilo e de seu olhar esperançoso. "Danilo, preciso voltar para o Rio, minha família chega amanhã. Amei te conhecer e aquilo que te falei ontem é a mais pura verdade, espero que você e a sua namorada sejam muitos felizes."

Falei essas frases de maneira truncada. Queria que ele desaparecesse da minha frente, queria esquecer do seu abraço me protegendo, me curando enquanto dormíamos.

Danilo saiu do apartamento um tanto confuso e decepcionado. Nem o meu número de telefone eu passei para ele. Eu sentia que não tinha nada para oferecer. Da janela, eu o vi pegando o seu Uber. Me deitei no centro da sala, minha respiração estava ofegante. Olhei para o quadro na parede, era de um pôr do sol e um jovem dando um salto no mar, na Ponta do Humaitá. Quando a gente envelhece, a coragem envelhece junto. Me sentia um estrangeiro em Salvador, me sentia um estrangeiro no Rio de Janeiro, e sabia que havia mentido para ele, não voltaria para casa, porque simplesmente não tinha mais casa, o apartamento que deixei no Rio não era mais a minha casa.

Troquei as passagens para a manhã do dia seguinte. Quando acordei no chão da sala já era noite.

***

Estrelas luziam quando cheguei na Praça Castro Alves. A praça estava vazia. Eu devia estar sentindo medo, mas a vontade de estar ali era maior. Fiquei sentindo a brisa gostosa do outono e olhando a cidade dourada. Eu estava em uma encruzilhada sem bússola, perdido e com um tédio imenso diante de quase tudo. Era isso que os quarenta anos me reservavam? Lembrava plenamente da leveza do Danilo, e isso me assustava. Envelhecer ao lado dele seria como envelhecer duplamente, por mim e por ele, não suportaria mais o desamor. Leonardo havia levado com o seu egoísmo todos os meus paraquedas. Estava só, com toda a fragilidade que estar só se revelava em meu espírito. Abaixei a cabeça e o meu corpo foi perdendo as suas forças. Era como se uma voz muito submersa em mim sussurrasse: "queria tanto você aqui". O meu corpo caindo e eu poderia dormir por ali mesmo, que diferença faria. Me envolvi em um abraço próprio e fui deslizando no ar quando ouvi uma voz.

"Qual foi, Véi?! Você está bem?", era Danilo.

Esta obra foi composta em Arno pro light 13 e impressa para a Editora Malê, pela gráfica Trio Digital no Rio de Janeiro, em janeiro de 2025.